U0906307

临时绅士

THE TEMPORARY GENTLEMAN

［爱尔兰］塞巴斯蒂安·巴里／著
张晓芬／译

浙江文艺出版社

版权合同登记号：图字：11-2017-327号

图书在版编目（CIP）数据

临时绅士 /（爱尔兰）塞巴斯蒂安·巴里著；张晓芬译. —杭州：浙江文艺出版社，2022.9（2024.5重印）
ISBN 978-7-5339-6939-4

Ⅰ.①临… Ⅱ.①塞… ②张… Ⅲ.①长篇小说－爱尔兰－现代 Ⅳ.①I562.45

中国版本图书馆CIP数据核字(2022)第127387号

责任编辑 王莎惠
责任校对 唐 娇
责任印制 吴春娟
封面插画 渔 淰
装帧设计 尚燕平
数字编辑 姜梦冉 诸婧琦

临时绅士
[爱尔兰]塞巴斯蒂安·巴里 著 张晓芬 译

出版发行 浙江文艺出版社
地 址 杭州市环城北路177号
邮 编 310006
电 话 0571-85176953(总编办)
0571-85152727(市场部)
制 版 浙江新华图文制作有限公司
印 刷 浙江海虹彩色印务有限公司
开 本 880毫米×1230毫米 1/32
字 数 158千字
印 张 8.25
插 页 4
版 次 2022年9月第1版
印 次 2024年5月第8次印刷
书 号 ISBN 978-7-5339-6939-4
定 价 69.80元

献给杰奎·伯吉斯

美丽而睿智

这是爱，这是我的祖国。

维吉尔，《埃涅阿斯纪》[①]

记住我，忘掉我的命运。

内厄姆·泰特，《狄朵与埃涅阿斯》[②]

---

①古罗马诗人维吉尔（Publius Vergilius Maro，多称为Virgil）创作的史诗《埃涅阿斯纪》（*Aeneid*），取材于古罗马神话传说，讲述特洛伊英雄埃涅阿斯成为罗马开国君王的故事。该句拉丁语原文为：hic amor， haec patria est。

②英国桂冠诗人、剧作家内厄姆·泰特（Nahum Tate）根据维吉尔的《埃涅阿斯纪》创作的歌剧，由亨利·普赛尔（Henry Purcell）谱曲，讲述了北非女王狄朵和特洛伊英雄埃涅阿斯的爱情悲剧。该句原文为：Remember me， forget my fate。

目录

第一章

“这无疑是个美丽的夜晚。你永远都想不到哪里曾有战事。”

这些算不上预言的话语出自一位年轻的海军少尉之口，夜色漆黑，他站在宽阔的甲板上，我们所乘的补给舰正向阿克拉[①]驶去。他身材矮胖，皮肤被白日里的阳光灼得发红。听到他的爱尔兰口音，我欣喜地问他是哪里人，他带着爱尔兰人在异国偶遇同胞时所特有的热情回答道，多尼戈尔。于是我们聊起夏天的班多伦[②]，我父亲从前常带着他的乐队去那里。船底下引擎声轰隆，我与他谈天说地，好不惬意。

船上运的其实是八百名男人和他们的军官，都要去往英属非洲的各个地方。打牌的人围坐一处吵吵嚷嚷，饮酒的人即兴表演歌舞杂耍，当然还有一阵迷人的雪茄气息在

①加纳共和国首都。

②位于爱尔兰多尼戈尔郡，著名滨海旅游城市，爱尔兰最好的冲浪地点之一。

船上穿梭回荡，令人愉悦。沿着瞬息起伏的海岸线，我们可以看到非洲海岸就在前方。唯一的光亮是船上热闹的灯，和夜空中上帝肃穆的哲学之光。除此之外，前方的大地只受黑暗青睐，一笔浓墨重彩的黑。

这些天我一直心情极佳，因为在诺丁汉中央公园锦标赛[①]里押中了获胜的赛马。时不时地，我就把右手插进口袋，将赢到的硬币晃得叮咚作响。剩下的奖金则放在了我制服的内侧口袋里——一叠崭新的、迷人的、白花花的钞票。当时，由于休假时间不足以徒步横穿英格兰和爱尔兰一直到斯莱戈[②]，我就去诺丁汉度了个短假。

法国已落入希特勒之手，一时之间，新敌人维希法国军队将黄金海岸[③]等殖民地团团围住，这实在是稀奇。没人知道接下来会发生什么，但是很快我们就被分配待命，一有需要就准备炸毁桥梁、运河和道路。我们听说新兵壮大了殖民地军团，成千上万的黄金海岸人冲向前线保卫帝国。我猜汤姆·奎伊就是那时参军的，虽然当时我还不认识他。

我正站在那里，体会着赢钱带来的一时富有，心无杂念，如往常般因身在海上而有些许陶醉，对未知的海岸线、

①中央公园锦标赛（Middle Park Stakes），英国平地赛马一级赛事，每年九月末至十月初举办。

②爱尔兰的一个郡，位于爱尔兰岛西北海岸。

③黄金海岸（Gold Coast），英国曾在西非几内亚湾建立的殖民地，1957年独立，1960年成立加纳共和国。

对海岸线后那个神秘的国度有几分爱意。我也喝了大约有一瓶苏格兰威士忌酒，尽管如此，我依旧如扎了根的树般岿然不动。那一刻，只有纯粹的快乐。我的一头红发，正是那头吸引了曼的注意的红发，因为并不是我先向她打招呼，而是她，在大学校园简单干净的四方庭院里，打趣地问我："我猜你是在头上打翻了颜料？"我的一头红发从前额一丝不苟地往后梳，少尉军帽把它压得像个锅盖，我的脸颊被勤务兵珀西·威尔士刮得干干净净，内衣裤刚浆洗过，裤子的裤线笔挺，鞋子被月光映得锃亮——突然间，船的整个左舷翻了起来，就在我眼前，巨大的水流喷涌而上，爆炸令人战栗，金属撕裂声震耳欲聋，巨大的赤红火柱有自由女神像手中的火炬那么大。忽然间，那位来自多尼戈尔的年轻少尉被锯齿状的金属导弹碎片击中，倒在我身旁的甲板上，一命呜呼，就像是暴风雨后被冲上恩尼斯克朗①海滩的鼠海豚。许多人从下方破口处逃出来，门口的人就像是沸腾的糖浆般不断溢出，本不该在此处的大水柱倾倒而下，终于找到了甲板，砸得我们就像是一个个扁平的面团，即便如此，哭喊声、议论声也还是不绝于耳。两名工兵试图将我剥离甲板，甲板本身也因这鱼雷而支离破碎，这时，船的其他碎片也纷纷落下，噼里啪啦，一片狼藉，死伤无数。

①位于爱尔兰斯莱戈郡的海滨小镇，以沙滩、露营、高尔夫球场吸引游客。

“是该死的鱼雷。”我的中士非常多此一举地说道。他是一名身材矮小的男子，叫作内德·约翰斯，来自康沃尔，是所有与我共事过的人中对未爆炸装置的雷管最有研究的。他很可能知道这枚鱼雷的型号与重量，但是即便他真的知道，他也没说出来。下一秒这艘大船就向左舷倒去，我还没来得及抓住他，内德·约翰斯就滑了下去，狠狠撞向栏杆，他鼓起力量，站起身来，回头看了看我，然后被猛地推下栏杆，不见踪影。我知道鱼雷造成的破洞位于吃水线之下，我的身体多多少少可以感受到这一点，某个至关重要的东西被从船上撕扯而下，在我的胃里引起了回响，一定是某个机舱或货舱深处受到了损伤。

我的另一位助手，约翰·“肥兹”·塔尔博特，正如可怜的内德·约翰斯所说，他是一位瘦得能当作备用电线的男士，此刻事实上正在把我当成某种船桩，但是并无效果，因为这艘船似乎对它遭受的创伤迟缓地做出了反应，由下至上不断颤抖，船的栏杆以一种怪异的、不可能的方式向上抬升了十英尺，打得可怜的约翰措手不及，因为他一直在抵挡着来自相反方向的力量，随后他在我身后向空中发射出去，同时扯下我的裤腿，我那些珍贵的硬币漫天飞舞。

有那么一瞬间，我冷静得出奇，一条腿光溜溜的，帽子依旧整齐，真是不可思议，我浑身湿透，仿佛自己就是海水。大约十几个人尖叫着紧紧靠在一架铁梯子上，就像是森林里的猴子，天知道他们是从哪里冒出来的，甚至可能是从船里面，或者更有可能是从指挥台一侧，他们从我眼前经过，仿佛是发起这次攻击的恶魔所推的推车，穿过破碎的甲板，倒入身后那片漆黑混乱的海洋。那一刻，万物都在咆哮，星光微弱的夜空，如银制餐盘般光洁无瑕的浩渺大海自身，破碎的船，受伤不安的人——然后，突然间，寂静主宰全场，这是寂静王国里主宰时间最短的寂静，遥远的海岸，甲板，大海，目之所及皆是如画般寂静，就好像某人刚在画室里完成一幅画，正凝视着，思考着，着手画上最后一笔烟雾，火光，血液，水，然后我感觉整艘船离我而去，从我脚下沉没，太过突然，有一瞬间我感觉我和船之间有了空隙，我就像是个天使，像是长着翅膀的人悬于空中。随后，重力打破了魔咒，重力毁灭了这该死的幻影，我叫喊着悲惨地随船下沉，甲板落入水中，打破神圣庄严的水面，就像是一名儿童在斯莱戈的冬天打破了结冰的水池，发出的声音也类似，就像是某种坚固的、某种结冰的东西破碎的声音，是玻璃，但又不是玻璃，是极其柔软又包容的水面，是深渊，可怕的深渊，是为何渔民从来不学游泳，就让水立刻征服我们，不做挣扎、不抱希望、不用游泳，不，让你的四肢放松，镇定下来，寄信任于上帝，立刻向救世主祈祷，我就是这样，就像阿兰群岛①的渔夫那般，将我的灵魂献给上帝，让我最后的爱的

①位于爱尔兰西海岸戈尔韦湾口的三个岛屿，总面积约46平方公里。

信号飞越欧洲，让它飞越夜色深重的非洲海岸，横穿加那利群岛，越过靴子状的英格兰和婴儿状的爱尔兰，飞到曼的身边，曼，和我的孩子们，我向她送去我最后的爱语，我爱你，我爱你，曼，对不起，对不起。

大海以它钢铁般的意志在我的头顶上方归于平静，沉船将我向下拉，就像是一百个恶魔扯着我的腿，我们一起下沉。我们那在贝尔法斯特建造的美丽的运兵舰，那早已淹没的尸首，那数不胜数的军事文件与军事计划，那些我们从阿尔及尔装运上船的沙丁鱼罐头，那无数的军备物资，崭新的卡车，大量的轮胎，五十三匹马，木桩，板材，精心封存的炸弹，一切都随我们沉入海底，销声匿迹，没有荣耀，亦没有怯懦，这是出自上帝之手，出自奇妙的物理现象，如果是内德·约翰斯，他会说那该死的金属铸成的庞然大物都被打得千疮百孔、支离破碎了。我感觉海水包围了我，仿佛我在某个生物体内，仿佛这里是它的血液，而从科学角度解释，这股力量应该源于它的肌肉筋骨。它让我的嘴巴停止运作，它找到我双耳中的秘密涡轮，它想要进入我的体内，但是我下意识地、偷窃般猛吸了一大口气，而我正带着这口气息下沉，它进入我的胸腔，包围我的心脏，作为我的回应，我的双耳回荡着大海的轰鸣声，我想我能够听到船的哭喊声，它用疯言疯语叫嚣着它的痛苦，好像人们能从哪里习得这种独特的语言，这种船只将死之时的哭喊声。我仿佛还站在甲板上，但这是不可能的，随后我感觉船只往一侧倒去，好像巨人在床上翻身，我无计可施，只好随它一起倒去，就像鲑鱼在瀑布中寻找夹缝，由此它能在湍急的河流中安稳地到达卵石河床。此刻我感觉我被冲到船侧，远离甲板，在某股比船本身还快的未知力量牵动下不断加速。我摩擦着刮过金属，我感受到了藤壶和长长的海草，当然我是不可能感受到的，但我以为我感受到了，当船完全倾倒的时候，或者是我想象它倾倒的时候，我不知道是哪种，在至深至暗处，在一片空白与剧烈起伏中，我感知到了运兵舰的龙骨，某个又宽又圆的庞然大物。神圣的龙骨，船员的希望所在，换班期间睡眠的保障，但是它完全朝着错误的方向，处于错误的位置，从它应该在的地方被暴力撕扯而下。而恰恰就在那一刻，在那一刻，伴随着巨大的吱嘎声，一阵带着威胁气息的怪异叹息声，一种可以与世间最惹人厌的噪声相匹敌的静默。龙骨骤然停止又转回反方向，像是鲸鱼的脊柱，这船此刻就像条鱼，而我正抓着龙骨骑在上面，好似马鞍上的苍蝇，它似乎是在将我甩向另一边，慢慢地甩，就像旧时在恩尼斯克朗的廉价马戏团里表演的“炮弹”先生[①]。童年的记忆在我脑海中闪过，我的整个人生回闪而过，之后我感觉自己被卷进了前侧桅杆的帆布里，我的身体挤成一个紧紧的球，这同样是出于本

①弗兰克·“炮弹”·理查兹（Frank “Cannonball” Richards），美国狂欢节和杂耍表演者，以表演被一枚从大炮中射出的重约47公斤的炮弹打中肚子闻名。

能，而非刻意为之。沉船慢慢翻转，至少要让它的死亡以芭蕾舞般美丽的曲线收尾，收拢的船帆将我翻来卷去，给予我奇怪的速度，未知的力量。我舒展身体，好像恋人从婚床上得意地起身，我伸出双臂，奋力向前，游啊，游啊，寻找海面，祈求着，屏气游了一里远，为了求生我愿意长出鳃，随后我终于到达，那纯粹干净的天空。上帝之光清晰地映在星辰的宁静港湾中，我如贪心的孩子紧紧抓住某个浮体，某块碎片，某块残缺而珍贵的碎片，我漂浮着，紧紧抓着，几近痴狂，有一瞬间失去了记忆，曼啊，曼，有一瞬间，虚虚实实，我走向空无和毁灭，又怪诞地重生。

感谢上帝，那晚有护航船与我们同行。感谢上帝，那潜艇悄悄地沉入了深海之中，无人看见，原因只有里面的船长和蹲坐着的船员知道。一艘装满机枪的小型护卫舰朝我突突驶来，我听见坚定自信的声音，满怀感激，黑暗之中，有手臂朝我伸来，把我拉出了那片混沌，我突然感到筋疲力尽又笨重无比，猛地跌坐在救援者的脚边，躺倒在其他幸存者旁边，他们有些带着血红的伤口，有些赤身裸体，衣服早已被剥落。

我躺在那里，苟延残喘，既骄傲又惊恐。我看见自己查看了内侧口袋里的那卷钞票，好像是在看另一个人，好像我一分为二，一个自己正在嘲笑另一个自己的愚蠢行径。

次日一早，我们驶入阿克拉。

第二章

现在是1957年，我来来去去，如今又回到了阿克拉。距离战争结束已经过去十二年。黄金海岸已经变成了加纳，是非洲第一个获得独立的国家。作为前联合国观察员，我曾怀着极大的兴趣与激情注视着这一过程——即将离开的英国人彬彬有礼，表达优雅的致辞，使用西塞罗式的词汇。我们很擅长离开。同时，这里暂时还留有一位总督，及旧政府的框架。明亮崭新的河里有暗流涌动，慢慢地，为防止激起过往怨恨与报复，缓慢似乎是解决之道——这正是他们二十年代在爱尔兰的做法。

很快我就会回到斯莱戈。待在获得独立的国家，这感觉很奇怪，但又不是那么奇怪，因为我的祖国也曾独立过。我当时不理解独立的含义。如今我理解了一点，只有一点点。我一直租住在这间水泥小房子里，房屋外侧是古老的旋涡和方形花纹，和当地寺庙类似。这不是寺庙，是一位小官员皮特·奥科先生朴素的住房，在我受薪雇佣于联合国期间，他很乐意将多余的住房租给像我这样的人，虽然我的同类，那些已经出没于非洲大地三百余年的“外来者”如今已经整装离去，但是我还要留一段时间。一年多前，我刚到这里时，一位女士，我忘了她姓甚名谁，在来自联合国的信件中告诉我“那位可爱的奥科先生会给予你方方面面的帮助”。而他的确如她所言那般好。他身高大约是我的三分之二，友善的头顶上有一块硬币大小的斑秃，英语比大多数爱尔兰人讲得流利，在租约期间，他事无巨细都会通知我，也确保我有住处。他大概比我年长几岁，常称我为“他的孩子”，比如“麦克纳尔蒂先生，我的孩子”，他和他的阿克拉同胞们大多在我心中留下了好印象。我记忆中，早在战争之前的阿克拉到处是铁皮屋顶和蚁丘，那是欧洲妇人的绝望之地，当时我们潜伏在偏远的营地，脆弱不堪，而她们坚持不懈地给这里的旧政府总部写信，言辞激动地索要关于裙子、帽子，以及最急缺的防蚊长袜等物品的信息。

《阿克拉号角》是当地的英语报纸，它已经从二十多页缩减到了一张纸。该报纸说各地依旧存在些小麻烦，例如在多哥兰[①]和黄金海岸之间，又出现了几个月前我和其他人努力解决的那些老问题。如果有穿着新制服的人来要求

①位于非洲西部，1884至1914年间为德国保护国，第一次世界大战结束后被瓜分为英属多哥兰（东部）和法属多哥兰（西部），1957年英属多哥兰与英属黄金海岸合并，1960年成为加纳共和国，1960年法属多哥兰独立成为多哥共和国。

我离开他们的加纳，我自然就不得不离开。但是至今为止还没有人来打扰城市边缘这片美好祥和的氛围，在这里，房屋稀疏，一块块菜地郁郁葱葱，蓬勃生长。我看不到大西洋，但是我可以闻到它的气息，就在半里之外，薄雾蒙蒙，无边无垠，海水深不可测，有时还显得汹涌可怖。所以看不到它我也怡然自得。虽然去年我和奥科先生一起查看了它的角角落落，我是指这座房子，奥科先生还跑来跑去地向我展示了它的荣耀与特色，可即使在那时我心里也想着，“然而曼喜欢住在海边，她喜欢游泳”。下一秒我就想起来她不会和我一起住在这里。

曼。

我会回到爱尔兰，一定会，一定会，我在那儿有我的责任，有我的爱人和孩子们。

1922年，我第一次遇见曼时，她穿着宽松的黑裙子，修长的身躯上方是可爱的脸庞，大学校园的煤渣路掩映在树木间，若隐若现，她漫步在路上，就像电影胶卷般滑入我的眼帘。她的影子倒映在那片有名的悬铃木下，她穿着洁白的衬衫，柔软的胸脯在衬衫里微微起伏，走在灌木丛中就像是一块明亮的盾牌。当时我还很年轻，大脑里似乎空无一物，没有过去，也没有未来——时间是静止的，世界也是静止的。我看着她穿过入口处昏暗的拱门进入四方庭院，这是我大学第一年，当时正值内战。

她朋友众多，为首的是个艳丽的女孩，叫作奎尼·莫兰，但是没有人在我的交际圈里，我想我的圈子里都是男性，诸如工程师等技术男，还有那些神秘深沉的家伙，只对数学、物理等更加遥远的领域感兴趣。她的朋友是当时的新式女孩，她们踏入大学，无所畏惧，神气十足地走在校园里，身上带着科尔特斯[①]和麦哲伦的自信。有时候，我能看到下课后，她和那些女孩子蜂拥而出，高声聊天，语速飞快，我确信她们很明白独行的男性会一路看着她们。有时候她们那个圈子也会有男士加入，那些天之骄子，医生或者新政府官员的儿子，他们头顶上同时飘荡着胜利与失败的气息。

一天晚上，她步履轻盈地走在海边，我像个侦探或者说小偷般，远远地跟在她身后，尾随着她回家，这才发现她家住哥拉顿街。令我印象深刻的是，一路上她从没回过头，一次也没有。她左边是一望无垠的漆黑海湾，右边是错落的小村舍和大房子，她就走在那中间的小道上，一路回到萨希尔[②]。

她消失在带有花岗岩球顶的旧门柱之间。我知道像这样的地方一定会有金属墙刺无形中守护着，我暗暗希望她

①科尔特斯：大航海时代西班牙航海家。

②位于爱尔兰西部戈尔韦市的一个海滨地区，上文中哥拉顿街是此地区南部沿海而建的一条马路。

的父亲没有一把这样的刺刀，因为这个地方象征着可观的地位与庄严。我看着她打开巨大的前门走了进去，扯下她的帽子和红外套，像滑冰般向后抬起右脚，踢着关上了门，没有向身后沉闷的夜里望一眼。

为了让她对我说第一句话，我只好常常出现在她常走的路上。我不知道还能有什么其他方法。在她某节商贸课下课后，我故意走到她附近。我看着她进了课堂，在她上课的一小时里四处闲逛，然后看似不经意地走在她常走的路上，内心忐忑却坚定。

“我猜你是在头上打翻了颜料？”她盯着我的一头红发说道，“你到底是谁？怎么我走到哪里，你都会像玩偶匣里的杰克那样蹦出来？”

“嗯，既然你提起了，我的名字就是杰克。”

“哪个杰克？”她问，仿佛她的生命里出现过上百个杰克。

“杰克·麦克纳尔蒂，”我说，“约翰·查尔斯·麦克纳尔蒂。”然后，似乎是为了说得更明白一点，我又补充道，“工程学专业。”

她沉默片刻。我突然发现她也很紧张，我不确定我是怎么知道的，但我就是知道。她当然也很紧张，她才十九岁，被一个从没见过的、满脸通红的红发男子搭讪。

“说得不错。我是曼·柯万。”她说道，似乎任谁都会知道这个名字，现在只是将脸与名字对上了号而已。

随后，她伸出戴着手套的手，仿佛我们是边境某处的外交官。那是双橘红色的皮手套。我盯着她的手套看了一会儿，然后赶紧轻轻地握了一下。她微笑地看着我，然后又笑出声来。

“毫无疑问，我还会在这里见到你的。”她说完，便没有继续聊下去。

“会的，”我说，“会的。”随后她走过我身边，带着好闻的香水味，消失不见。

这就是故事的开始。

夜晚，在郊外田野。汤姆·奎伊在这儿待了一整天，炖了一锅鲜美的鱼汤，还放了秋葵和棕榈果。他一直低声唱着埃维语[①]歌曲，他的英语也很好，好像是多年前的某位爱尔兰牧师教的。其实他有点罗斯康芒[②]口音，勾起了我的乡愁。当初是奥科先生找的汤姆。对我而言，他是最完美的仆人，战争期间他在黄金海岸军团时就是如此。他在可怕的缅甸活了下来，退役时是准尉副官。他体格强壮，不爱穿鞋，事实上我印象中黄金海岸军团的军士经常不穿鞋，即便阅兵时也不穿。从那些细致详尽的文件中，我发现他和我一样大，而且恰好是同年同月生。

①多哥和加纳东南部当地语言，约有661万人将其作为第一语言使用。

②爱尔兰的一个郡，位于爱尔兰岛中部。

他退役回家后，抚恤金出了些问题，他和朋友们在阿克拉各处游行示威，其中几名死于警察之手。毫无疑问，用这种方式感谢他们保卫帝国之功，并不恰当。但是他并没有多说什么，反倒更加专心炖汤，或是更专心地做手头的任何事情。扫蚂蚁。擦威士忌酒杯。他就是顺其自然。生命。珍贵的生命。

我每天付给他两先令，比二十年代埃内亚斯在爱尔兰供职于皇家爱尔兰警队时的工资少一先令，这段经历就是导致他失败的原因。埃内亚斯老派地称它为“旧死刑”，这是他儿时玩伴朱诺·林奇用纯正的爱尔兰腔传授给他的。如今埃内亚斯流亡他乡，我也不知道他身在何处。得来全不费功夫的钱总是不可靠的。

汤姆告诉我，他在军队时日薪是一先令，不像大多数来自其他国家的人，他们都是两先令。他们还会扣留他三分之一的工资，在战后作为某种津贴发还给他。包括缅甸在内，他参战三年，这笔钱总计二十三镑。至于抚恤金，他说只有那些受伤的家伙才有，而且其实数额很小。成千上万的士兵都找不到工作，结果就全都宣誓效忠恩克鲁玛[1]。你能想到的最好的工作就是警察，但是汤姆并不想做这份工作，尤其是挨过警察的子弹之后。他说当奥科先生传信告诉他我这儿有份工作的时候，他很开心，尽管我

①恩克鲁玛：加纳政治家，非洲民族解放运动先驱。

并不确定他是否真的知道这份工作会有多短暂。有一天算一天吧，我想。

汤姆有妻子和孩子，住在内地，汤姆从没去看望过他们。在沃尔特河[1]沿岸某地，他的确提到过那个村子的名字，但是我没记住。看样子，他之所以从没去看望过他们，是因为他的妻子不让他去。他说他定期传信给她，问她能不能让他看看儿女们。传信人得先坐公交车，走二十里地，再雇两条船。对汤姆而言，这相当昂贵。但是她总是会回信拒绝他。每当他提起这件事，总能看到他往常那充满“男子气概”的自信脸庞上一片困惑，这可真是奇怪。

他过了好几个月才对我吐露心事。我当时曾请他坐下，但是他没坐，就站在那里，对我诉说他妻子的事情。

“我祈祷总有一天她会叫我回去。”他说。

阿克拉的金斯威百货店如迷宫般错综复杂，我穿过人山人海的妇人堆，买下了我的新写字桌。桌上放着一张我自己的老照片，相框脏兮兮的。胖乎乎的六岁儿童在斯特兰希尔[2]海滩，拿着木铲，脸上带着小男孩特有的那种冷淡笑容。我手拿木铲，骄傲地对着拍照的人——我父亲，他拿着他的布朗尼盒式相机。当我看这张照片时，我自然能够看到我自己，但我也能看到他，站在沙滩上，穿着黑

①位于西非，加纳的主要饮用水源。

②位于爱尔兰斯莱戈郡。

西装，看着相机眉头微蹙，却仍笑着，他有时是个自相矛盾的人，就像太阳雨。

我们还是小男孩的时候，我、埃内亚斯和汤姆——提茜当时还没出生——父亲常常会在夜里过来，做他所谓的“大鸟”动作。他会站在我们床边，张开双臂，而排成一行睡在单人床上的我们仨就会钻进毯子里。我们双眼紧闭，一半是害怕，一半是开心得发狂，我们能感觉到“大鸟”慢慢地、慢慢地降落在我们上方，然后，我们能感觉到父亲的吻落在我们每个人的额头上。

我十岁时，告诉他不要再做大鸟动作了，我看见他的表情一变，随之点头同意。问题在于，他不做这个动作就不能到达亲吻的环节，所以我、汤姆和埃内亚斯也就失去了父亲的吻。

我的母亲身材瘦小，总是穿一身黑衣，就好像她已经成了寡妇一样，她是我赖以稳定生活的基石，好比一座桥的桥墩。如果说我小时候她时常会看起来很严厉，那只是因为她习惯如此了。有时候，特别是我父亲和他的小乐队一起去罗斯康芒或梅奥[①]的时候，她会挽着你的手臂，告诉你一些事，开心的、短暂的、惊人的事，微不足道的真理，还有可能来自她婚前、年轻时的故事。她会站在小客厅的壁炉前，向我们展示她的舞蹈，她跳得是如此灵巧熟

①爱尔兰的一个郡，位于爱尔兰岛西北海岸。

练。而她的孩子则会目瞪口呆地看着她的鞋底在黑色石板上踢踏作响。

她几乎从不直接称呼我的父亲，只会唤“他”，哪怕他就睡在她身侧。真是个奇怪的习惯。

她偶尔的坏脾气源于她的恐惧，她害怕和谜团联系在一起，某些被遮蔽的往事，关于她真正出身的、无人知晓的故事。她由唐纳伦夫妇抚养长大，却发现自己并不是他们的孩子。这让我母亲备受折磨。我母亲有时会对她自己感到害怕，她最大的恐惧，“恐惧”这个词并不能形容她所受的折磨，源于她是私生子，这一点会时不时地折磨着一个人的灵魂。她从没有向我提及过此事，哪怕在我长大成人之后，是爸爸悄悄告诉我的。

对我父亲而言，他最爱的莫过于和他的乐队一起出去。穿上他最好的西装，草帽向一边翘起，将乐器随手塞进小马拉的轻便马车里，他还经常会带上我。我是刮簧片或者更换琴弦的一把好手。为了不降低乐队的格调，我也会穿上父亲亲手缝制的精致礼服，每一颗细小的锡纽扣都出自他的手艺。

然而我父亲也是斯莱戈精神病院的裁缝，那是他真正的工作。

职工们每年都会举办舞会，那时会将患者请进大楼深处，把精神病院大厅里的旧长椅拖出来。而当时我就站在一个临时搭建的舞台后方，拿着小刀和备用琴弦准备就绪。

我坐拥绝佳视角，能欣赏乐队成员欢快的屁股和晃动的草帽。随着夜晚音乐大肆奏响，他们的身体像海草般摇摆，一小群寻欢作乐的人在木地板这张大鼓上兴风作浪。狂欢之中带着些许疯狂，似乎证明了精神病院毕竟是一个代表着疯狂的地方。手臂像投球手般挥舞，双腿放肆摆动。连平日里内向冷静的女性也会在跳舞时差点被甩向空中。我站在那儿，出神地盯着，看什么都心满意足，而我的父亲气势汹汹地拉着小提琴，或是用琴弓猛拉大提琴，仿佛他是要把自己锯成两半。

然后在狭小的里屋，当一切结束，各色舞者也回家之后，我们就会吃巨大的白面包三明治，上面的果酱鲜红如血痕，还会喝杯凉凉的牛奶，这时唯一的音乐就是病人们四起的哭喊与叹息，或是狂怒的，或是哀伤的，在这栋建筑的各个房间里来回飘荡。

我自己的小照片旁放的是我舅公托马斯·麦克纳尔蒂的银版照片，现在它可是货真价实的古董了。舅公在得克萨斯州中央草原被一支科曼奇族人[①]剥下头皮。他是美国骑兵团的骑兵。这张照片褪色得厉害，我只能勉强辨认出穿着蓝色制服的他。我父亲就是随了他的名字，我弟弟也是，所以就不得不叫他们老汤姆和小汤姆了。正是这张照片，让我从小就想成为军人。

①美洲原住民，主要居住在得克萨斯州西北部。

这是我们的一点“血统”，一般来说，这种东西在我的家族少有存在。父亲也曾严肃地告诉我说我们曾经是斯莱戈的黄油出口商，住在名叫朗奇之家的宅邸里面，就在离我们约翰街住处不远的拐角附近。那处旧址当时就是一片毫无吸引力的废墟。他还以更加神秘的语气告诉我，一直到克伦威尔[①]时期，我们的祖先奥利弗·麦克纳尔蒂都曾统领着他的部落，只是后来他的土地落到了他转投新教的兄弟手里。

虽然这段历史无据可考，但它对我父亲而言就是一段真实可信的重要记载。不可避免地，我也从中汲取了我在这个世界的自我存在感，且从未质疑过一丝一毫。

①奥利弗·克伦威尔（Oliver Cromwell，1599—1658），英国政治家、将军、独裁者，在英国内战中带领议会派击败保王党，1649年处死查理一世后，废除了英格兰的君主制，并征服苏格兰、爱尔兰，1653年至1658年出任“护国公”。

第三章

昨晚我又把我的印第安摩托车借给了汤姆·奎伊，因为他要去奥苏[①]参加舞会。他住在某片棕榈树后的一间小铁皮房里，离这儿只有一分钟的路程。他穿着一身相当时髦的西装，必定会惊艳到香农河[②]以西的当地人。

他真的很喜欢那辆摩托车，我自己也是如此。

"少校，如果你不想让我骑那辆摩托车，"他说，"您就直说。我坐在那辆车上不代表我就觉得它是我的。"

我完全知道他在说什么。

我已经和他说过好几次，如今战争已经结束，我不应该再被冠上少校头衔，但是他从不在意这一点。

他对我有着隐秘的关注，也许是我身上有什么特质能

---

①加纳共和国首都阿克拉的一个行政区，位于阿克拉中心商业区以东大约3公里处。

②香农河（Shannon River），爱尔兰最长的河流，全长360.5公里，自北向西南流入大西洋。

让他这样做。我总以为自己很善于隐藏情绪，但显然不是，我的紧张一览无遗。我无法解释汤姆·奎伊的善意。

“我很快就会带您去听强节奏爵士舞曲[1]，”他今早说，“强节奏舞曲对人很有好处。您可以骑车，我坐在后面。”但他好像并不是很确定会是这种情况。

随后，为了暂时放下这整件事情，他轻轻地、很快地唱了起来，歌声动听：

加纳，我们拥有了自由，

加纳，这片大地有了自由，

勇士的奋斗和他们的血汗，

勇士的奋斗有了收获。

然后，他将想象中的萨克斯管举到头边，如果这不是若干年前在斯特兰希尔舞厅中的我弟弟汤姆，我不知道还能是谁。我当时正在大笑，那清晰的记忆和此时此刻重叠在一起。

“你最好当心点，汤姆，不然我就要唱《先贤之信》[2]了。到时候你会后悔的。”我说。

“我觉得人应该歌唱。我们生在这世上，不是为了歌唱又是为了什么呢？唱歌、跳舞，不然的话一切都是那么无聊。”他说着，还蹦出了方言，“告诉你，自从我妻子她离

---

①强节奏爵士舞曲：Highlife music，20世纪起源于加纳。

②天主教赞美诗，由弗雷德里克·威廉·费伯（Frederick William Faber）于1849年写成，以纪念亨利八世和伊丽莎白一世建立英国教会时的天主教殉道者。

开了我，要是没有歌唱，我会疯掉的。”

轰掉，他说的是，*轰掉*。完全的罗斯康芒口音。完全的加纳。

事实是我不应该在加纳。我应该在斯莱戈的家里，给我的孩子们整理东西。我应该在那里，哪怕就在边上站着，也随时可以提供帮助，随时可以给出建议。那是一位父亲可以做到的。然而，我却潜伏在非洲，像个衰弱的传教士，既没有教堂也没有什么目标，只不过是一再推迟我离开的时间。怪不得当我告诉奥科先生我打算再留一段时间的时候，他充满善意的脸上露出了奇怪的神色。我为什么要这样？我在这儿的工作已经结束了。

而我的心，我的心碎了。我知道的。近四年来，我带着这颗破碎的心勉力生活，但是情况只是越来越糟，好像引擎上有个故障疏于修理，结果损耗了其他部件。现在我必须尝试修理它，必须这样。我必须回顾发生的一切，找到它破碎的地方，请求美好事物之神让我愈合，如果可能的话。将它写在已不复存在的黄金海岸工程桥梁公司的会议记录本上。那么回到爱尔兰的这名男子将会变成更好的人，一个健全的人。这是我现在的祈祷。

一个小时前，我起身从桌前走到阳台。微风穿过沉闷的院子，如果我没记错的话，这阵风代表着雨之将至。

我内心一片纯白，但那也无济于事。

因为我无法隐藏自己脸上的颜色。

说起诚实。路易斯·阿姆斯特朗[①]去年正好就在阿克拉，在各地的自由之锅正搅起风浪的时候，从天堂降落，像是黑人之神，在奥苏举办了大型露天演唱会。书包嘴大叔笑呀，笑呀。汤姆会多么想要在现场啊，我是说我弟弟汤姆。汤姆·奎伊可能当时就在那里，我得去问问他。白人主妇们为那纯粹的音乐而欢笑，几步之外，黑人主妇们也同样为此而欢笑。

我第一次和曼说话之后的那个周末，我开着奥斯汀汽车驶回斯莱戈的家，并向我母亲说起了曼。我记得我后悔"抄小道"穿过泥泞的高地，记得当时那带着尘土味和烤面包气味的皮质座椅。也说了这有多么绝望，多么不可能。

"怎么不带她去看放映展出，你这个*傻瓜*。"母亲说。她在客厅里，正把感兴趣的剪贴画报粘贴到剪贴本上。那小房间一片黑暗，但不知怎的，你能在那片奇特的黑暗中洞悉一切，好像我们暂时变成了猫。这种黑是我想起母亲的时候会想到的黑。或许当我写下这些话的时候，她正坐在那里。

"什么?"我说。

"放映展出，杰克。"

---

①Louis Armstrong （1901—1971），又称书包嘴大叔，爵士乐重量级人物，上文歌词出自他的歌曲《黑与蓝》（*Black and Blue*）。

“妈呀，现在没有放映展出了，那是‘电影’。”

我母亲并不老，但是她故作老成。她有一头美丽的红发。她生我的时候才十七岁。汤姆在斯莱戈的电影院工作，所以她很清楚我在说什么。可能她更稀罕旧东西。

“仁慈的时间啊，我还知道什么现代的东西？但是我告诉你，杰克，当她开始了解你，一切都会迎刃而解。”

“她绝不可能和我这样的人去看电影。”我说。

于是我又去等她了，就像是真正的大盗迪克·特平[①]。

她看到我的时候甚至没有和我说话，只是向着我发出了类似于“*嗨*”的声音，仿佛是在说，我早知道你会在这儿。她可曾期待过？无论如何，她神情明媚雀跃，她见到我似乎挺开心的。我的心一下子沉到我锃亮的黑靴子里，随后又一下子蹿到我头顶的软毡帽里。那一刻，我对地质学或是工程学毫无兴趣——一周之前它们还是我生命的两大激情所在。那一刻，对我而言只有“曼学”。

她深蓝色裙子下的肩膀令我颤抖——没人能察觉，至少我期盼着、祈祷着如此。那是种奇特的矛盾感，既有坚硬的骨骼，又有着趋于柔软的优雅。她的胸部在连衣裙的刺绣衣襟下微微隆起，这让我头晕目眩。她双目乌黑，发丝如墨。在我看来，她的肌肤可以称作橄榄色，只不过那皮肤是如此柔软，要是能抚摸一下，能用寂寞的手滑过她

---

①Dick Turpin（1705—1739），英国历史上著名的拦路强盗，其经历在后世被改编为多部小说、电影、电视剧等。

的脸颊，一定会让我发狂，尽管我拼命把手放在我的两侧。老地中海山坡的橄榄树，我年少时随商船队远航时在甲板上瞥见的橄榄树，那时我还从未想过会上大学。

“怎么?”她说道，带着她的一丝温柔。我开始能够辨认她的这种温柔，那是一种调味品，一种温柔的药——掺杂着烈性。

“我在想你是否愿意和我一起去欢乐电影院[①]，看周六的电影？任丁丁[②]?”

我甚至觉得我不是在说英语。她似乎能听懂我的话，我惊讶极了。

“任丁丁，”她说，好似一个人背诵神圣的教义那般，“我喜欢任丁丁。我对你不是很有把握，你穿着好笑的旧机车外套，你的手套还挂在口袋外面。”

哦，她观察真敏锐。我的确把手套放在了口袋边，这样她就会知道我有这样的装备。我脸色发白，窘迫不堪。

“我并不是对你苛刻，杰克·麦克纳尔蒂，”她说，也许是在后悔如此公然让我尴尬，“有时候我说话太有压迫感。我其实只是在开玩笑。”然后她停顿了一会儿，“我喜欢你。”

“如果你肯赏光的话，”我说，“我会很开心。”

---

①Gaiety Theatre，爱尔兰都柏林南国王街上的剧院，1871年开业。

②Rin Tin Tin（1918—1932），第一次世界大战期间被美国士兵从法国军工厂救下的德国牧羊犬，后成为知名动物演员，出演过27部好莱坞电影。

“我对此一概不知。”她说。

“什么意思?”我说。

“让别人开心是笨蛋的游戏。”她说。也许，现在想起来，我早该听她的话，当时就该想想她在说什么，但是那时一股汹涌的浪潮向我奔涌而来，就像是爱尔兰边界，比如马哈雷斯沙岬[1]有什么向前涌来，搅动我每一滴血液。现在我知道，她习以为常的唐突是诚实的表现，是一种需要人细细思索的沟通方式，是需要立刻翻译的摩斯密码。我年幼时，有多少次在船舱深处留心听无线电报员房内的摩斯密码，一直警惕着求救信号。但当时我一点也没留意。是她声音里隐藏的善意将我拉向她，让我沉溺，心甘情愿。

“我得回家了,”她说,“我希望我父亲下班回家时我已经在家了。”

“我可以开奥斯汀送你回家。”我灵机一动说道，佯装不在意。

“不必。”她说，就只说了这么一句。

“不麻烦的。”我说。

“不必,”她说,“我喜欢吹着风走走，所以我自己回去。”

那样一来我就只好站到一边让她离开。我已经把我能想到的都给她了，几乎是我当时所拥有的全部。我想给她

---

①位于爱尔兰克里郡丁格尔半岛北侧，长约5公里。

的腿系上锁链，另一端系着我自己的腿。我想要我们俩被绑在一起，谁都无处可逃。真是个奇怪又疯狂的想法。虽然我努力不盯着她看，但是我还是一直看着，看着。

她离我两米之遥的时候，我用尽全力说出了最后一句话。

“我下周再问你一次，如果你不介意的话。以防万一。”

“万一什么?”她说，怒气冲冲地停了下来，或者说我感觉她带着怒气。她突然很激动，再次转身面对我，双脚定在鹅卵石上。她大概是要掏出左轮手枪指向我了。

“万一什么?”她重复道，我感觉她有点儿疯狂。那双可爱的黑眼睛盯着我，像是要把我灼伤。

“你改变主意。”我说。

“你觉得我会改变主意?”她说，“我看起来像是那种犹豫不决的人?”现在不再有那种古怪的怒气了，就像白天那样平常，甚至还有一丝惊讶。

“当然不是。”

我说得那样坚定，都有点吓到自己了。我不自觉地笑了。她也笑了，可能也是不自觉地。这时，一阵无名风从河上朝我们吹来，她右手拢了拢外套，我赶紧伸出一只手扶住我的帽子。她摇了摇头，还在笑着，然后转身走去，依旧笑着，头微微后仰，真让我高兴，真让我高兴，笑着，笑着。

下一次我邀请她和我一起出去的时候，我似乎已经做完了那张年轻男子必须要做的努力清单，她同意了。

任丁丁上周热映，现在取而代之的是部催泪片，来势汹汹。大厅里，我取出一张我自己的照片想给她看，现在我已经忘了为什么要这样做。照片上是我，大概十六岁，穿着白色制服，和其他船员们站在船上，身处海峡殖民地[①]的某处。

“好吧，”她说，没有明显的讽刺意味，“你看起来很可爱。真的。”她看到我很开心，我也高兴极了。“你穿着那身制服是要做什么？”

“我是无线电报员。那是为期两年的课程，但是我六周就学完了。”

她很仁慈地听我自吹自擂，没有嘲笑我。

“你看起来大概十二岁。”她说。

“我那时只有十六岁。”

“那身制服很显年轻。”她说着，挽着我的手走进了电影院。

“是的。”我说。

“真是个可爱的小伙子。”她边说边笑，神秘兮兮的，但是非常、非常讨人喜欢。

---

①英国于1826至1946年间在马六甲海峡周边及邻近地区建立的殖民地。

第四章

等到我几乎每周都带她去戈尔韦的电影院的时候，我发现电影于她而言类似宗教信仰。影院大厅里挂着许多影星的照片，她全都认得，就像合格的俄罗斯人认识当地教堂所有圣像。那些照片中凝视的双眼迸发着什么，倾倒在她身上，而她身上也的确有着相同的东西，回望着它们。

“市政厅”，他们是这样叫的。它看起来像古老的东方城堡，闻起来是擦脸香粉、消毒剂和死老鼠的味道。前厅门卫一定会就准尉副官的职位和汤姆·奎伊一决高下。

在爱情的第一波洪流面前，我们像疯子一样交谈着。她对什么都很感兴趣，而我似乎不是那样。我不大懂政治，说实话，即便是内战①时，政治也只存在于生活的边缘地带，如果它在你的眼里，那也是在角落里。历史是生命之

①1921年，英国与爱尔兰代表签订了划分爱尔兰岛归属的《英爱条约》，将爱尔兰分裂为南北两部分，北部6郡划归英国，南部26郡成立效忠英王的爱尔兰自由邦，引起很多爱尔兰共和派分子强烈反对，导致1922年至1923年爆发爱尔兰内战。

书里烧焦的边边角角，好似的确曾有那么一场大火，但是它并不是故事本身。我弟弟埃内亚斯因为与政治相关的那些困扰而饱受苦痛，这使得我倾向于对此类问题保持沉默，直到现在。但是曼对新政府极具热情，且颇为拥护，她生来就应该在迈克尔·柯林斯[①]的圣坛下顶礼膜拜，原来柯林斯是她住在卡文[②]的一位姑母的朋友。幸好我弟弟汤姆也是柯林斯的狂热拥趸，所以我能冒用一些他的言论，假装是我自己的，我希望这种诡计无伤大雅。

“这个古老的国家需要换上新衣。”她会这样说，带着狂热，面色泛红，仿佛还在凝视着那些影星的照片，我确信此时在她的想象中，柯林斯和加里·库珀[③]这些影星早已交错在了一起。

“等我毕业，”她会说，“我会试着在政府里找份工作，等着看吧。我可能会教几年书，然后去都柏林，再然后……”

这个“再然后”有些含糊，但是她的雄心壮志发自内心，令人鼓舞。

一天晚上，那时我们大概交往了六周——如果那是交

---

①Michael Collins（1890—1922），爱尔兰革命领导人，被尊称为爱尔兰国父，在爱尔兰内战中被枪击身亡。

②爱尔兰的一个郡，位于爱尔兰岛东北部。

③Gary Cooper（1901—1961），美国演员，曾5次提名奥斯卡最佳男主角，2次获奖。

往的话，我们从没给它定过性——她告诉我一会儿她要带我回家见她父亲。没有提前打招呼就得知这个消息，我很害怕。她打扮得好像要参加皇室盛会，但是其实她一直都那样，可以和丽莲·吉许[①]一争高下。所幸我刚买了件带皮领的高档大衣，我最好的毡帽，灰亮如水獭，正斜戴在我头上。她一只手腕上戴着石榴石手链，鲜红如血滴，脖子上戴着一串珍珠，是她父亲买给她的首饰。

她父亲。

当过无线电报员还服过两年兵役的年轻人，是能存点钱的。虽然现在为了上大学花掉了一大笔，但我银行里还有些钱。我希望她父亲能够意识到这个闪光点。

我并没有全神贯注于银幕上的影片。我坐在她身边，身处电影院能给予人的独特私密空间中，看着她的脸朝着光亮和阴影高高抬起。脸上的脂粉给她的脸颊增添了如花般的光泽。乌黑的发丝上绑着精巧的发网，发网上带着小小的箔片，当她的头微微晃动，便会反射出细闪的光。她一颦、一笑，或是哭泣，都带着超脱尘世的感觉，仿佛她正睡着，只是睁着眼睛，或者是我正睡着，在梦中与她相见。

影片过后，我们穿着娇贵的皮鞋，漫步在街道上，道路被夏日暴雨淹没，好像一层缓缓流动的黑色清漆。

---

①Lillian Gish（1893—1993），美国演员，被称为美国“银幕第一女士”。

“我们去罗拔待会儿，等雨停吧。”我说，我一般不愿意带她去酒吧——我觉得这不是柯万先生会让他女儿去的地方。

我很感谢下雨这个借口，因为我正需要尽可能地让自己鼓起勇气。我把她安顿在包间里，里面还有几个被雨淋湿的女人，我给了她一杯红柠檬汽水，然后去站着一排黑人的、真正的吧台点了两杯威士忌，猛地一口喝了下去。

那时我感觉准备好了，至少是准备得更充分了。

三天来，我什么都写不出来。除了呼吸，我什么都干不了。

大概是三年前的一个下午，我突然决定再也不喝酒了。就在我像往常那样走去俱乐部的时候，我突然觉得是时候了。我掉头向家走去，在喝了四十年酒之后。奇怪的是，我一点也不想它，戒酒一点都不费力，好像这就是我该做的事，而且我也能做到。

汤姆·奎伊和我一样，甚至比我更清楚大雨迫近，而且雨滴一旦砸下来，就没必要再骑印第安摩托车出门了，因为小镇的这一端会变成沼泽地，只能隐隐约约地看到铺石的路面。出门就是湿透的衣服和坏掉的靴子，泥泞和暴涨的河流暂时统治了世界，哪怕是汤姆也没法开上摩托车穿梭其中。

所以当汤姆建议我和他晚上一起去奥苏消遣一下的时候，我并没有什么抵抗力拒绝。事实上，在他的灌输之下，我对这场即将到来的暴雨恐惧极了，有史以来我第一次感到独处不自在，虽然我这几个月都过得好好的。于是我草率地和他一起出发了，日落之后一个小时，夸张的深红色日光还残留在天边，植物的绿散发出怪异的光芒，而我自己则败倒在汤姆对车把的渴望之下，栖身于劣质的摩托车的后座。

我们就这样出发了，尽管我们俩没人希望如此，但我们活像二人转，像翻版的斯坦和奥利，希望这只是我自己这么想。我坐在汤姆身后，必须牢牢拽着他的旧卡其衬衫，有幸目睹它背后有这么多小洞，好像是被老鼠咬过的米袋子。

我们在汤姆的小房子旁稍作停留，很快他就穿着我之前见过的那身时髦西装出来了，头发梳得油光发亮，就像压在帽子下的甲壳虫，而且，等我们重新坐上摩托车的时候，他身上还散发出某种刺鼻强烈的油味。

汤姆身上透出某种冷峻的感觉，似乎他现在身负要让我开心的重任，我也努力从后座挤出只言片语来让他轻松一点。可能他在重新考虑要不要把这个又秃又老的爱尔兰前少校带进奥苏的夜生活，但是哪怕他这么想了，他也没有说出来。当我们开到我们所在街道和奥苏之间那段比较好的地带时，他打开了摩托车风门，同时似乎也给自己找到了一个更好、更愉快的挡位。他低声歌唱，如往常般，这次用的是他自己的语言——埃维语。

很快，我们便穿梭在奥苏街头，穿梭在周六晚上人们制造出的高声喧闹之中。我们飞驰过瑞吉影院，我是第一次注意到它——要是曼的话可能早就注意到了。我们左侧是沉静肃穆的大西洋海岸，如绸缎般广阔无垠的黑暗，镶嵌在这个整洁得令人惊诧的城市边缘，这里有铁皮屋子和临时照明、煤油灯和发电机，突然我脑海里浮现出关于斯莱戈夜晚的回忆，装着大灯的马车抄近路穿过广阔的沙田前往斯特兰希尔，如果那晚有月亮相伴，朋友们会互相呼叫对方，想着马上要跳舞便激动得要发疯。福特车和奥斯汀车在沙田里，就像是闪着微光的动物，直晃行人的眼，跋涉着，跋涉着，从镇上走了长长的一段路，在呼呼作响的大风和雨夹雪中紧握住被风摧残的帽子，更美丽的女孩们挥手搭车，等人拯救她们于风雨之中。曼和任何活人一样生气勃勃，散发着简单的人类的喜悦。

汤姆载着我到达一处安全地点停放好摩托车，礼貌地交还给我钥匙，然后我们边道歉边挤进一处挂着亮闪闪的“银拖鞋”招牌的地方。我原本隐隐担忧着自己到底在做什么，但是却发现“银拖鞋”只是“An Slipear Airgid”①的别称，其实就是我父亲最喜欢的长笛舞曲，更不用提它也是

①即古爱尔兰语的“银拖鞋”。

班多伦一个著名舞厅的名字，于是我的忧虑便烟消云散了。

走进大门，花儿便士买了两张票，人群拥入走廊，随即向洪水过境般，散入一个巨大的房间，房内有眼花缭乱的灯光，一支乐队正在宽阔的舞台上演奏汤姆的强节奏爵士舞曲。初看之下，这群舞者就像是喧闹的旋涡，但当你细细观察，就会发现男士都穿着汤姆那样的宽松白色西装，女士们穿着明亮的夏裙，这群人似乎串通好了某种密谋，一进来就把你迷惑刺激到失去意识。

汤姆的朋友也在这里，兴致高昂。这群人非常友善，虽然天知道他们到底是怎么看我的。其中有一位极其美丽的女士，她靠过来和我打招呼的时候非常温柔有礼，令我惊讶不已。我发现自己其实一直过着囚犯般的生活。但是我感受到的只有惊慌。我接过朝我递来的第一罐棕榈酒，一饮而尽。

此后，这个夜晚不知不觉间朝着一个新方向发展，和我饮酒岁月里无数个夜晚如此相似。我的饮酒岁月，除此之外还有其他的岁月吗？过去几年里，有的，这是我给自己的答案。

不断有新的人群拥来，给屋内的舞步和欢笑增添了新的色彩。一个小时又一个小时的喧闹。在某个时刻我一定断片了，我模模糊糊记得漆黑的道路，有什么东西若隐若现，记忆里还混杂着汤姆发油的味道，好像是狂乱的零星碎片的拼盘。然后就是虚无、虚无、虚无，然后突然一阵模模糊糊的恐惧回忆向我袭来，那个在混沌的黑暗之中我又抱又亲的人是谁？还是说我在做梦？为什么有那么一会儿我感觉有人坐在我身上？天呐，那是什么？这之后又是虚无、虚无、虚无。

然后，在明亮的晨光之中，我睁开眼发现自己在床上，蚊帐一片狼藉，我光着肚子，只能看到睡衣散落在隔壁房间的书桌上，抛光地板上有一道长长的、骇人的尿痕，我手臂上、肚子上、脚上布满蚊虫叮起的红色小包。地板中央，有一坨金字塔形的粪便，看起来怪异而镇静。

然后，我听到了汤姆·奎伊来上班的声音，可能就是这把我叫醒的，我一个箭步扑向那该死的粪便，可怜可怜我吧，可怜可怜我吧，让我遮住它，这样我的耻辱就不会公之于众了，然而在我够到它之前，汤姆一脸无辜地进来了，他张开手臂，看着他裸露的老板跳在半空中的景象，充满善意和震惊地说道，窘迫得令我刻骨铭心：

“少校，您在地板上拉屎了？”

我盯着窗外灼人的庭院。一只大苍蝇，像铁栅栏一样乌黑，不久前在半空中踉跄停顿了片刻，这就是炎热的力量。天气就好似天上的铁路扳道工。

我脑袋空空。我想，这是开始思考前的一小段空白，在思绪再次涌来之前。这样的感觉在我的人生中出现过千百次。这和真正的平和毫无干系，这是身体正在从酒精的攻击中恢复。

当你独处的时候，这样的时光便有了不同寻常的特质，我发现。我独自醉酒，我独自愧疚，而现在我独自感受这虚假的平和，然而对此我却是心怀感激的。

这是我的小书柜，安放在我的工作台旁边，还有两只死掉的大飞蛾使其完整，一只砖头大小的甲壳虫奄奄一息，没有力气在死前再挥动它的翅膀：

《桥梁与结构设计》（*Bridges and Structural Design*）

《抗敌英雄》（*Bengal Lancer*）弗朗西斯・耶茨–布朗著

《兵营歌谣》（*Barrack-Room Ballads*）

《桥梁与建筑基础》（*Foundations of Bridges and Buildings*）雅各比及戴维斯著

《天堂猎犬》（*Hound of Heaven*）

第五章

“斯莱戈*酒鬼*”，曼的父亲以前是这样称呼我的，虽然他从未当着我的面叫过。如今这个称号又回来了。

哥拉顿街上的房子里那些沉重的房间，负载着她父亲一生所积累的财富，例如餐厅里的餐具柜，我能看到地板托起它蜷缩的支架和狮爪造型的脚架，柯万夫人给所有光秃秃的底部包上了刺绣外衣，包括椅子、桌子和其他东西。尽管如此，整个房间看起来就像是要开始移动一般，餐具柜向前摇摇欲坠，椅子滑向大门，但是它们没有倒下，似乎一切都屏住了呼吸，宽大的窗户外，海湾像丝巾叠成的巨大丰饶角，起起伏伏，被包裹在窗帘之中，窗帘经久日晒褪去了颜色，看上去仿佛蒙了一层灰。那些沉重的房间，和第一次踏入其中的我自己，曼就在前面，不知怎的，我的第六感让我不情不愿地察觉到她身上迅速出现细微的变化，我和她之间有了距离，似乎在这种氛围下，在她父亲的王国中，她要暂时和我撇清干系。她的粗高跟鞋敲打着走过了漆黑的地板，她母亲，瘦骨嶙峋，就像只猫，带着孩子般的笑容，好似没有人在看她，又好似她在某种程度上是隐形的，她穿着过时的裙子，好像时间出了错，我们正在步入十九世纪八十年代。我自己那双上好的靴子，镶着后跟铁片和金属钉以防磨损，在地板上发出敲击声，虽然比曼的声音轻，但也足以让我感到不自在。这间房间本身，煎鲽鱼和卷心菜的味道，两名侍从，瘦小的母亲，以及存在感极强的父亲，身穿西装马甲，大腹便便，蓄着络腮胡，下巴刮得很干净，头顶光秃秃的，两颊却突生出许多马毛一般的浓密黑发，他的脸以某种特定的角度抬着，看上去像是期待着什么，但又好像随时准备好了要出手，他是一家之主，稳重可靠，气场强大，操着一口亲切的戈尔韦口音，听起来是在店里买东西不用为价格发愁的人，而且你可以在他身上感受到他父亲的影子，也是类似的威望显赫的人，还有再往上他的父亲，两重影子，可以回溯到像我这样的爱尔兰普通百姓不能上街的那段时期，但是我也能在他的眼中看到这一点，又大又黑，安静地欢迎和冷漠地拒人千里，就像是歌曲里失败的和弦。

曼是她父亲最疼爱的孩子，看在曼把我带进她家门的分上，看在我的大衣有皮领、黄金领针上有钻石的分上，看在我曾在海上航行、在加尔维斯顿①和海峡殖民地的港

①位于美国得克萨斯州东部。

口喝过啤酒的分上，我祈祷他不把我看作乞丐，或者是有可能扼杀他女儿人生的人。我希望我能凭我的性格旗开得胜，但是我知道在那座房子里我很难成功。

所以我之前在萨希尔的老酒店前停下了我的奥斯汀，再一次将一杯双倍烈酒一饮而尽。所以等我面对这一场面的时候我颇为冷静，或多或少是在四杯威士忌的迷醉效果下接受了她父亲的盘问。

柯万先生谈到他的工作，谈到戈尔韦的人，也谈到斯莱戈的人，他也在那里做生意。谈到斯莱戈某些阶层的人很不愿意买保险。

“你知道的，有人不会为未来做打算。他们甚至不能理智地面对当下。”

后来，她母亲开心地说起柯林斯，我才明白曼的政治观念从何而来。她母亲看起来很紧张，没错，但是对曼却十分疼爱，甚至边说话还边往女儿碗里夹菜和各种东西，尽管她女儿从未开口要求。现在曼也开始说话了，谈论着各种我并不能完全听懂的话题，提起她和她父母熟悉的人、事、地点和时间。她说起话来好像成年人，而不是孩子，似乎她就应该要有自己的观点，而且要爱憎分明。她父亲并不担心提出相反的观点会惹恼她，现在他正长篇大论，评说着内战的恐怖，内战最近也影响到了萨希尔，一些可怜的旅馆经理被拖出去枪杀，至于是哪一方动的手抑或是出于什么原因，我也弄不明白。

我推测，约翰·雷德蒙德[1]，威斯敏斯特老爱尔兰党的领袖，曾经是柯万先生拥护的人，但是他已经过世了，那场旧梦也已烟消云散。柯万先生并不喜欢武力打下的天下。

“但是当然，爸爸，”曼说，“迈克尔·柯林斯就是拿着枪的约翰·雷德蒙德。”

“是的，”他回道，“是的，”言辞激烈，在那个已经被遗忘的戈尔韦的夜晚，“这不就是问题所在，这不就是整个问题所在吗，曼？”

“但是，爸爸，约翰·雷德蒙德不也出身于志愿军，他不也帮志愿军备战抵抗阿尔斯特[2]人吗？”

“唔，唔，他从未有意要使用他们。”她父亲说。

“我想如果你有枪你就该用，”曼得意地说，“哪怕只是为了别让它们变得不安全。”

“你要保证枪完全安全，给它上油就可以了。”她父亲机智地回道。

如此种种，欢快愉悦，情绪高涨。

我从没说出来过，但是我知道我自己的父亲并不关心什么家伙当政，虽然他很喜欢老国王，老国王去世的时候

---

①John Redmond（1856—1918），爱尔兰民族主义政治家、律师、英国下议院议员，温和派爱尔兰议会党领导人，也是准军事组织爱尔兰国家志愿军的领导人。

②Ulster，爱尔兰古代四个省份之一，位于爱尔兰北部，曾独立，后成为大不列颠及北爱尔兰联合王国的一部分。

也很伤心。“大家好像并没有注意到国王为了爱尔兰的和平所做的努力。”他以前总在乐曲的间隙这样说，手里还拿着小提琴或是短笛。

突然间，我感觉有了说话的勇气，因为有个计划浮现在我的脑海中，也许结婚的时候可以和曼一起去非洲——当然了，如果我们能结婚的话，我必须对坐在那群人中间的自己这样说。

“我就是觉得很幸运，我们在某种程度上依旧是在国王领导之下。”

“杰克，你指什么?”曼笑着说。

“宣誓效忠之类的。国王依旧是我们的元首。我认为这是件好事，总的来说。”

尽管柯万先生并没有完全回避这个话题，但是他好像很困扰。他好像要花很大力气才能理清我这个想法。但是这对他来说很难，因为很显然他并不想冒犯我，但同时他也无法同意我的观点。

我也有自己的难题。他在讲述他的想法的时候，我坐在没有扶手的椅子上，一个几近烂醉的人坐在没有扶手的椅子上。威士忌巧妙而狡猾地钻进我的血管，掀起波澜，使一切都加速运转，所达之处，每一个器官、每一寸肌肤，无一幸免，于是我的心怦怦直跳，我很确定我的太阳穴也在肉眼可见地抽动，某种欢快的咧嘴怪笑占领了我的大腿，于是它们脱离我的掌控，想要猛踢桌子底部。这一点我克制住了。然而又长又宽的桌面上刷着厚厚的亮光漆，就像是茂密的树丛下流淌的溪流，当我从桌面举起汗津津的双手时，我看到我留下了十二个螺旋形状的小小印记。

柯万先生讲了很久，大概讲到第七或第八分钟时，他又回到了保险和不守规矩的斯莱戈人这个话题上，他的妻子在一旁不安地微笑，曼不置可否地皱起眉头，仔细地吃着她的鲽鱼。

"我敢肯定，就是因为这个，许多斯莱戈家庭，许多带着一群小孩的寡妇，得承受着你们斯莱戈普通男子不愿意为家人未雨绸缪的后果。"

不知怎的，我能够想象他很久以前说这番话的样子，在马格赫拉布伊路，在斯莱戈二月的某个雨夜，或是在经济状况岌岌可危的斯特兰希尔村庄里，而且永远忘不了在这帮不领情的市民之中败兴而归。但是我并没有全神贯注听他讲，我正看着曼，她吃起饭来带着一种细致的凶狠，我惊奇不已，思索着她真正的目的、她真实的处境，她感到煎熬吗，她一直故意低着头吗，这一切算顺利吗，我说不上来。之后我看着窗外神游，思绪沿着有坡度的花园一直飘到海堤，我感觉到堤坝那头的冲积滩，想象着春秋季节那些臭名昭著的高浪，我真的可以看到海水越过堤坝，倾泻在玫瑰花丛和紫罗兰上，用我脑中的双眼，那根本不是真实的波浪，当时我正在微笑，喝过威士忌后的那种微笑，世界井然有序，而我突然说，并不完全和柯万先生当时所说的脱节，但是还是有些莫名其妙。

“我对此由衷地表示怀疑。”

就那样，措辞并不完美，当然还说得含糊不清，或许就是这种明显的口齿不清冒犯到了他，于是他不再言语，或者说，拒绝继续说话，他坐在他的雕花椅子里，两把椅子扶手十分华丽，上面的椅套却很朴素，要是我妈妈一定会想要修饰一番，扶手表面还有一层空白的涂料，仿佛在等待着最后的雕琢，柯万家族最后一次被封为贵族的机会，或是它的破灭，爱尔兰隐秘的中产阶级的破灭。他看着我，直勾勾地，面无笑意，不需要语言，就有了最终的判决，这个该死的杰克·麦克纳尔蒂，斯莱戈*酒鬼*，他就该一辈子下最深、最阴暗潮湿的地牢，钥匙被永远丢弃。

虽然曼的思想和言论能得到充分的自由，但是她那可疑的情郎却显然不是这样，我突然意识到这一点，但为时已晚。

晚饭过后，在一片废墟之中，曼在一架精心保养的立式钢琴前弹奏了一首舒伯特夜曲（“不是那首有名的。”她说）。钢琴是和她身上那袭长裙一样的深棕色，她换上了那条长裙，但没说原因。乐声缓慢而悲伤，这是她孩童时代最后一个夜晚弹奏的夜曲，不，当然还延续到了她曼妙的女性岁月的黎明，我看到她父亲坐在椅子里哭泣，她母亲掩面哭泣，我亦如是，而曼继续弹奏着，眼中无泪。

总之，算不上成功。然而奇怪的是，弗兰克·柯万身上并没有我讨厌的地方。我可能算得上是被他用针扎过的标本，但是我能看出来，他本质上是个非常和蔼的人。我要是能得到他的认可就好了。我要是能早点遇到他，经常和他坐下来聊聊就好了。

尽管我不确定她父亲是否对我有改观，但是他宽广的心胸也足以容纳下我，因此后来我经常出现在他们家里，虽然只是和她母亲在客厅轻松地聊一聊，享受被仰慕的感觉——她母亲确实对我一直很好——而柯万先生一直在房子里某个被称作他的书房的地方。

我现在算得上对柯万一家有一定了解，能够注意到某些事情。并不是一切都如表面所示，但是差不多。他向各色人士推销保险，但是柯万这个姓氏就可以让他跻身戈尔韦的名门望族之列。曼喜欢他的高傲、他的不够平易近人。也许对于卖保险的人而言这并不合适，虽然家门外没有张贴招牌，但是曼的母亲会在夏天收留房客赚取租金。这是非常谨慎的。夏天的风雨在萨希尔肆虐，带着公认的灾难的气息，然而名义上这是滨海度假胜地。确实也总有几天是充满希望和阳光的，总之这不同于我父亲的世界，那间约翰大街狭小的房子，精神病院的工作，歌舞乐队和寡言的妻子。

让我对曼的感情愈发浓烈的原因之一就是她对她父亲的爱。我想知道，随着时间流逝，我是否也能从她那儿赢得如此深厚的爱。虽然曼常常让我很困惑不解，因为她毕竟是个复杂的人，但我倾心于她，岁月流逝，爱意只增不减。她天资过人，她的思想既不虚伪也不浅薄，至于其深度，她从不隐藏。我想她是我遇到的最重要的人。有时她的温柔如此完整又深沉，她不仅夺走了我的呼吸，她还带走了我的心、我的魂、我存在的意义。她全部带走了，而我对此很自豪。

一个小时后，我又回忆起了那天晚上的事。我颤抖着想起自己，笨拙的，醉醺醺的，在那个早已消失的房间里。那两个人，柯万先生和夫人，早已过世，然而那顿尴尬的晚餐留下的记忆，依旧能够令我惊慌不已。被拒绝，因为一时不明智的、不合时宜的坚定。但是一个斯莱戈人难道不应该维护他的同胞们吗？仅仅就那么一句简单的话，有什么能这般冒犯到他？是我漏了别的什么东西吗？某些不当之处？也许是我的裤裆开了，想想就让我害怕，也许是我的口音不对，我的双眼，我的灵魂，我的年少？也许我头顶上飘浮着某种奇怪的文字，他突然从中察觉到了什么？我会对他深爱的女儿做什么？男人喝酒——爱尔兰西部的喝酒方式，孜孜不倦，不知节制，为了抵抗暴雨和常年的寒冬——这会对她带来什么样的影响？如果是这样的话，我自己身为人父，也从某种程度上和他有相同的感受。至于她温柔、无忧无虑的母亲，尽管有时似乎也会在心中默默忍受痛苦——她一连好几天待在自己的房间里，坐在狭窄的单人床沿，看着外面的戈尔韦海湾，仿佛在观看一座宏大的无声剧场，除非那是上帝秘密的语言。

这段回忆一直跟着我，好像爬进苹果桶里面的小虫，无人察觉，等船抵达马达加斯加，等到供应商打开桶，才会发现里面一个完整的苹果都不剩了。

第六章

我弟弟汤姆十来岁的时候找了份工作，在斯莱戈的电影院演奏管风琴。不是谁都能看到自己的兄弟这个打扮的。店主们为了效果全力以赴，甚至安装了液压升降机，这对于我这样的工程学学生来说非常有趣。它们是一战时期为了升起齐柏林飞艇的起落架而发明的——我的教科书上是这么说的。

三百张翘首以盼的脸孔，斯莱戈各色人口中能付得起六便士电影票的人。开始时是一片冥河般的漆黑，然后巨大的声响从地下爆发，舞台前部的地板打开，光线如喷泉般向上喷涌，好像一场真正的爆炸。然后就能看到引擎升起，上面架着管风琴，之后是我弟弟，如果现在这真的是我弟弟的话，穿着惹眼的白西装，活像军队的帽子，结实的身材，笔挺的脊背，手臂在光线下好像黑猩猩那般粗壮，如宙斯般强大，演奏时又好像巫师在键盘上施法，他仿佛跨坐在太阳上，强烈的灯光侵袭而来，耀眼，晕眩，美妙而癫狂，之后是一阵又一阵噪音，不复停歇，再之后，带着一种经过精心计算的庄严，一切都暂停了，戛然而止。一瞬之间，观众的呼吸都蒸发了，就像是爆炸的威力，心脏暂停了跳动，希望被悬在半空，过往也不再伤痛，就那么一瞬间，一瞬间，而后生机复现，电影的第一幕场景闪耀着浮现，汤姆会向这片寂静投掷一枚引火柴般的音符，恶魔的音符，慷慨地给予我们缓刑，我们再一次顶礼膜拜，到处都是被救赎的灵魂清着嗓子，到处都是细碎的笑声，某处有位勇敢的男士迅速紧握住他的女伴，她在惊讶中尖叫，然后又笑出声，这其中的狂喜，其中的生与死，死与生，而我的弟弟汤姆是这一切的主宰。

斯特兰希尔，中央广场。我父亲老汤姆，我弟弟小汤姆，他们的舞厅。有时我幻想还能在那里找到所有人，所有对我而言重要的人，汤姆和埃内亚斯，我们自认为深爱的女孩们，我们真正深爱的女孩们，可爱的萝珊，开朗活泼的曼，还有埃内亚斯爱的那个女孩，叫什么名字，是薇薇吗，是的，一直存在于铁皮房的墙上，大西洋的骚动混乱常常会给屋内的小乐队增加几分乐声，大海凶猛的怒气、易变的情绪、突然的暴戾、古怪的憎恶和狂躁。当然了，这都是很久以前的事了，千百种不同的命运和故事已经吞噬了我的同志们，就像我自己的命运也吞噬了我。我们在人生这条鲸鱼的巨大肚子里，我们错把黑暗当成愉悦的夜晚，把发着幽光的浮游生物当成群星。

曼翩翩起舞，那时的她年轻曼妙。我多为她感到自豪啊，我多么开心地向我的弟弟和朋友们炫耀她。即便是当乐声从他的小号中迸发，我也能看到他的眼光追随着她。她喜欢所有的新式美国舞蹈，而且水平极其高超，而我几乎必须要快速学会。多么快乐，她的力量，她激情的舞步，她愿意包容我的生疏，只要我能够和她热热闹闹地共度那几个小时，一起舞动四肢，带着那种克制的狂野。她面若桃花，精力无限，总是迫切地想要迎击下一场舞蹈的挑战，她的脸在黑暗中显得更加闪闪发光，眼神乌黑如炭，身体在美丽的裙子中旋转、跳跃，她的双腿像马戏团表演者般强壮，可爱又坚实的双腿，精致的双手，总是焕发着幸福感和有感染力的喜悦。

曼和谁都能做朋友，仿佛她的生活就是依托于此的。我得到了热情的祝贺，不管是她在场还是不在场，仿佛我能得到她是一件伟大的事情。但是我也知道自己有多幸运。我觉得自己是斯莱戈，是爱尔兰最幸运的男子。

萝珊其实是汤姆乐队里的钢琴手，当然也是他的小甜心，曼特别喜欢她，不仅是因为她们有相似的音乐品位，而且萝珊本身也和电影明星一样美，闪耀着年轻美丽的光芒，和曼的美不同，但是同样神秘。不同寻常的是，她是长老会教徒。她再年轻一点的时候当过开罗咖啡店的服务员，我猜斯莱戈所有年轻男子都曾倾心于她，包括我自己。

我们年轻的时候斯莱戈有这样的女孩子，鲜活地存在着，愿意和我们共度光阴，跳舞的时候，还愿意与我们共度良宵，实属我们之幸。

那个时候，汤姆正要进军政界，希望内战平息的时候——如果能平息的话，能当选镇议员，曼对此十分入迷，她觉得她眼前的人真的能把事情办成，能给这个国家她所渴望的图景。一切都焕然一新，收拾整洁，未来就在我们面前闪闪发光，就像月光洒在罗西斯角[①]的大海上，照出一条熠熠生辉的路。

随后，一个个上车回斯莱戈镇上，沿着斯特兰希尔白色的道路，月色下这条路闪闪发光，道路一边海港口潮水上涨，而我在凌晨时分一路穿过沼泽与小农场到达戈尔韦市区，把她安全送回她父亲的房子，这让我心满意足。一天下来，曼像孩子般筋疲力尽，也像孩子般纯真，滴酒不沾，车内，她温热的身躯靠着我，雨刮器刷走雨水，我向前屈身，凝视破碎的夜色。

可能什么都没有，什么都没有——但是所有，一天下来我们珍视的所有，所有。

这些都是我想象的吗？真的有过这样的快乐吗？有过，有过。

---

①罗西斯角（Rosses），位于斯莱戈西北的海边小村庄。

年底迈克尔·柯林斯在科克郡遇害。子弹穿过他的身体，也穿过无数深爱他的人的心，包括曼的。她曾深爱着他，他的理念，以及曼眼中以他的能力能实现的未来。但是他们杀了他。

我猜汤姆·奎伊比我更清楚我的丢脸经历，所以我一直努力让他说出我们在奥苏那晚的事情，但是如果他不想说的话，实在很难让他开口。他听着，直视着我，然后就转头去忙其他事情。

今天他给其中一个煤油灯加了新东西，然后不知为何，虽然我试着劝他，但是他从橱柜里翻出我的旧军靴，这是我的军队制服中留下的为数不多的东西之一，我这次随身带着它是想着可以防蚊用。然而战争结束十几年来，我发现我的小腿变粗了如此之多，早已穿不了这双靴子。我可以穿进去，但是脱不下来，我的腿好像是红酒瓶上的软木塞，手边却没有开瓶器。然后汤姆·奎伊拖着靴子，我也被慢慢拽着拖过地板、椅子和其他东西，直到，噗，我的腿放弃了，交出了那该死的靴子，所以它们现在在布满灰尘、黑漆漆的橱柜中。但是汤姆·奎伊喜欢擦它们，今天下午他把它们拿出来，让它们重见天日，我感觉他相当气冲冲地给它们上油，又大力地用布擦拭，让它们像在兵营中时那样铿亮。但是这其实都是无用功。

在这一切发生的过程中，我一直在尝试，想让他说出奥苏的事。一些细碎的片段，闪回的记忆和记不清的瞬间还在困扰着我。我起初试着用他最喜欢的强节奏爵士舞曲套话，却只换来他大肆赞美门萨（E. T. Mensah）[①]，《自由之歌》（*Freedom Highlife*）的创作者，也是汤姆经常“低声哼唱”的歌之一。看起来汤姆和我一样，不喜欢精准直击，喜欢侧面切入，或者说，喜欢侧面撤退。但是这就是这个世界的法则。大多数情况下，向一群人直接提问是无礼的，这一点你年轻时在斯莱戈酒吧里很快就能了解到。

他从他口中的“姨姨”那儿拿来了某种包在纸团里的混合物，把靴子放回橱柜后，他倒了一点在碟子里，加水混合，用一个我从没用来装过盐的小盐勺，那是我岳父岳母那些已然消失的此类收藏品中仅剩下来的一件，然后，都没有问我，就脱下了我的白衬衫，露出我的胸和肚子，嘴里还继续谈论着音乐等等，手上却没停顿，把这东西点涂到每个蚊子包上，他很清楚它们让我瘙痒不已。特别是肚子，七零八落地散布着红色星星。等它干燥后，他又给我穿上衬衫，好像我突然失去了双手似的，帮我系好纽扣，在今天工作结束离开之前，朝着我的方向，在我看来是给我鞠了一躬，这个无言的动作让我手足无措。

“谢谢你，汤姆。”我说，“天哪，这玩意儿真清凉，刚

①E. T. Mensah（1919—1996），加纳音乐家，被称为强节奏爵士舞曲之王。

刚好。要给姨姨多少钱?”

“您同意的话，我会给她六便士，少校。”

“当然可以。”我说着，从裤子取出硬币。“哦，这里有个旧的。”我说着，像往常那样看了一眼硬币上的年份，这是我的老习惯。这是枚1860年的深棕色旧硬币，印着年轻的维多利亚女王头像。汤姆·奎伊笑了，却没费神去看一眼。

然后他便准备走了，我感到一阵后悔，这种情绪并非第一次出现。我喜欢有他在我身边。当你的生活就像在岛上的鲁滨孙那般时，一切便会聚集到还留在你身边的东西上——而那时我还拥有的便是这个人的友谊，当然这个人是我花钱雇来做那该死的家务的。这并不完全算是家人和朋友的范畴。但是，必须得说，现在这对我也足够了。

他走了，如往常般哼着歌。门随着歌声关闭，纱窗笨拙地咯咯作响，好似小孩在打鼓:

下雨前
大风吹
和你说
你不听

柯万先生禁止我进他家门。某天他推销保险回家的路上，斯莱戈镇上发生了一起不幸的事件。实在是不能再倒霉了。我猜他正向车站走去，从斯莱戈人的吝啬中喘口气。这是十二月某个阴冷漆黑的夜晚，我和朋友们在哈蒂根酒吧待了一天。我的确模模糊糊地记得他，在红酒大道上，站在我上方，眼神依旧冷漠，大礼帽映衬着飞掠的浮云，很不协调，我像辆马车，斜靠在银行大楼的墙壁上。如果他当时问我话，我肯定无法回答，但是他也懒得问我。我记得不远处加沃格河的咆哮声，无情的大雨连下了三天，这条古老的河流也开始泛滥。

第二天一早，去大学之前，我和妈妈讨论了这整件事。

“天哪，”她说，就这一次她一点也不乐观，“这可不妙。”

然后，她尽所能对我说教，要我戒酒。那时埃内亚斯还没远走他乡，他不怎么喝酒，而汤姆，尽管那时他还很小，在电影院或者是和父亲在乐队辛勤工作，却已然成了酒鬼。她像修理坏水泵那样吃力地约束老汤姆。威士忌是麦克纳尔蒂家钟爱的酒。现在我会从它联想到斯特兰希尔和城镇间那片荒凉的天空，在阴冷潮湿的水沟中醒来，然后在早晨的头痛中四处寻找我的汽车，像是一头迷路的母牛，被遗弃在一片混乱之中。

柯万先生苦苦恳求曼，他哀求她，她说，他跪下来求她，哀求，哀求。向上天求助，让她明白她处在怎样的危险之中。现在他不叫我斯莱戈*酒鬼*了，这可能会让人误以为带点亲昵。他告诉她和我产生任何联系都可能是毁灭性的，我肯定迟早会把她拖到和我一样的境地，诸如此类的。

但是她和我说这些的时候带着些许奇怪的笑意。这把她逗乐了。我们坐在斯特兰希尔海滩边上的小咖啡店里。我开着奥斯汀带她到斯莱戈，晚点要去中央广场跳舞。那里的海湾，原始而广阔，似乎是人类未探索过的荒凉领域，视线所及之处没有一处房屋，向我们展示的是一群又一群“白马”，通体雪白的头在汹涌的海面上起起伏伏，那是奇异的蓝与黑，似乎蓝与黑也可以是火焰的颜色，还有从这片广阔的海洋被投掷出去的、与天相接的水浪。我和曼坐在小桌旁，在小小的铁皮屋子里，聊着天，眼神被海湾的喧闹所吸引。与之形成鲜明对比的，是她怪异的冷静。

“他以为我今天在奎尼·莫兰家，”她说，“我们就得像阿奎那[①]那样聪明。”

①Thomas Aquinas（约1225—1274），中世纪哲学家、神学家，有“神学界之王”之称。

第七章

尽管如此，曼毕业后还是如约去了英格兰教书。她说只要一年。她穿着带毛领的俄国大衣，戴着黄色手套，身旁是整齐的行李箱，上面还印着烫金的姓名标，是她父亲送她的礼物，她站在站台，一时之间看着有些忧郁。她向我靠近几步，抬起戴着黄色手套的手，触摸着我的脸颊。

“万事小心，杰克。”她说，听着既像亲昵，又像警告。

“你也万事小心，曼，一定。”

她给了我一枚甜蜜的吻。

然后她便独自进了车厢，那窗棂给我种油画的感觉，直击心灵的风俗画。她对我飞吻，点了点她可爱的脑袋。一头黑发如瀑布，帽子就像试图穿行而过的小船，乌黑的双目在幽暗的车厢中，有点儿茫然出神，但更像是一口深不见底的古井，水面远远地沉在底下，仿佛一枚又黑又亮的硬币。看着我，看着我，火车逐渐驶出站台。她脸上瞬间一闪而过的是怀疑吗？我浑身颤抖。

没有了她，我要做什么？没有了她，我要做什么？

汤姆家所在的村庄叫作提提克普，在沃尔特河沿岸某处，这是他世界的中心，也正是他失去了的那样东西。我相信它是真实存在的。但是它也存在于汤姆的心中。虽然他自己已不属于那想象之地，他仍将它安放于心。

现在我知道他妻子叫作米瑞安，还知道他有一儿一女。据我推算，他的儿女差不多已经成年，因为他们在战前就出生了。

而这场战争正是汤姆的问题所在，现在依旧如此。不仅仅是存款和抚恤金的问题，还有一开始去参军打仗所带来的后果。

他所说的所有关于战争的事情，都会绕回到他妻子不希望他再回家这个事实上。所以当他看似要说起其他事情的时候，不，这只是假象，因为其实总会原路绕回到米瑞安身上。他会说起妓女和杀戮，但这不是因为他觉得这些事情让他进退两难。并不是它们，根本不是。是一些神秘得多的事情。他和我看待世界的方式有着巨大差异，正是这种巨大的差异让我觉得他有趣。他悔恨的并不是像我这样的欧洲人通常会悔恨的事情。

他第一次离开村庄加入黄金海岸军团的时候，并不知道自己一去会是三四年，且没有任何假期。一天晚上，他的酋长来到村庄，慷慨激昂地说起英国国王，说起法国在塞拉利昂的所作所为让黄金海岸处于如何的危险之中，这番演讲让他离开妻子和年幼的孩子，参军入伍，尽管他并不算特别年轻。他告诉妻子雨季结束就会回家，如果那时还没回家，也很快会回去。当然他并不知道自己何时会回家，他一无所知，他对这个世界一无所知，事实上他此前连城镇都没见过，更别提像阿克拉这样的地方了。

总之，在他真正弄明白发生了什么之前，他和他的新伙伴们已经颠簸着横穿非洲抵达肯尼亚，在内罗毕外围安营扎寨。在这里他们熬过了酷热的九个月。汤姆有一名妓女为他做饭、共享床榻。争抢这些女人的竞争非常激烈。营地外围硝烟四起，是男人们激烈的争抢。白人士兵也参与其中，那些来自南非和罗得西亚[①]的家伙们。

然后他们穿过阿拉伯半岛和印度到达缅甸，汤姆在那里学会了憎恨日本人，对他们毫不留情。他们对抓到的俘虏赶尽杀绝。

战争结束后他滞留在缅甸，要等一年才退伍。等他再回到黄金海岸时，战争早已结束，他的族人没有听说他的消息，以为他死了，早就为他举行了哀悼仪式。这意味着，他说，他事实上已经死了，或者至少是行尸走肉。所以当他回到他的村庄外，人们看到他，诧异又惊恐地哭叫着，巫医向他撒圣灰，想让他死而复生。

---

①位于非洲南部，曾为英国殖民地，北罗得西亚后成为今日的赞比亚，南罗得西亚后成为今日的津巴布韦。

但是米瑞安，他的妻子，也早以为他死了。她不觉得巫医向他撒圣灰能改变什么。她非常害怕死人，不想和他有任何干系，一再让他离开，而他，悲伤又困惑的他，照做了。

他回到阿克拉，四处寻找工作。他和退伍士兵们一起参加抗议游行。他以煽动者名义被捕，饱受折磨。是奥科先生，以联合国联络官员的身份，帮他出狱。

听闻这一切，我更能理解刚认识那几个月里他为何比较沉默了。既然做好分内工作、对过往缄口不言才是更好的选择，他又有什么必要对一个陌生白人说这些呢？

夏日将曼带回了家。她一直从英国的学校定期给我寄情意绵绵的信。现在又给我寄了一张明信片，让我周日在罗西斯角见她。她的好朋友奎尼·莫兰现在在斯莱戈当片区护士，这样曼就能告诉她爸爸她是去见她了。

我开车去罗西斯角，一路上时而阳光普照，时而阴云密布，我把车停在小岬角上，那里有长长的台阶，一直通向海边。最后几辆车在沙滩悬崖边转弯，行人们往家中走去。黄昏的黑暗逐渐笼罩一切。我知道公共汽车不会开到这么远的地方，但是会把曼送到路那头，我下车去等她。我是真的在颤抖。

但是她好像并不会来。我已经很久没有见她了，可能是圣诞的时候，我感觉她并没有费心要来见我。可能一切都已经结束了，可能这样更好。更何况，我们之间到底是什么，除了一场来自不同世界的两个人错误的配对？那是我的一小部分心声，没错。但是我更多的是被困在某种位于渴望和痛苦之间的汹涌浪潮中。咸的海风吹在我脸上，虽然雨停了，但是随着步伐穿过底下广阔的海，你就可以闻到它，甚至几乎能看到它。我感觉被遗弃了。然后，突然之间，她就在那儿。

“曼。”我说。

“杰克，”她说，“外面太冷了。我们当时在想什么呢？”

“我一直在想你，曼，非常想。”我说，想着我会不会大胆地吻她一下，或是用我的手摸一摸她的脸？但是她站在那里，似乎停下了，不知怎的显得遥不可及，她穿着毛领大衣，头发一丝不苟地往后梳起，藏在帽子里。她一直知道什么是最适合她的。她终究还是靠了过来，吻了我，又站回去了。其中的快乐，我不得不摇摇我的头才能摆脱她带来的眩晕感。现在她站在那里，微笑着，泰然自若。我抓紧机会就那么看着她。我一直渴望再见到的脸庞、双眼。是什么让一个灵魂和另一个灵魂开始联系在一起？很多时候这就好像全世界都反对，唯独你坚持。但是在我眼中，她高傲、美丽、诚实。我站在那里，穿着锃亮的皮鞋，风华正茂，我注视着她，我知道我爱她。

暴雨来袭时，我们正走在巨大的海滩中间，手挽着手。

她放开我的手臂，我们全速前进，十指相扣，这场雨似乎也兴奋极了，重重地拍打在我们身上。出乎我意料的是，曼突然大笑起来，那美妙的笑声配得上世间所有形容笑的词汇，清亮的，开怀的笑。我知道她是由衷地感到喜悦，能够像那样奔跑，皮鞋被海水和雨水打湿，身处湿漉漉的王国，直到我们抵达她本就打算要去的地方。远处悬崖边有一方洞穴，现在我们就在那儿，洞穴并不大，低矮但足够让我站直，洞内是一条长长的凹陷区域，那是大海亿万年来冲刷形成的，早在我们人类这种生物存在于地球前就开始了。突然，她抱住我，将我拉向她，好像这个动作是不容违抗的，天知道我们到底有没有穿衣服，我说不上来，只有疯子才会在爱尔兰的夏天里脱掉衣服，这段记忆本身就渲染着崭新的黑暗和陈旧的雨的颜色，我们的脑中一片空白，但是她正亲吻着我，我自认为是那段记忆可靠的记录者，最佳的史学家，我也在亲吻着她，我湿透的后脑勺逐渐抬高，我是世界上，我是有史以来最快乐的人，在那里，在那个时刻，和她在一起，成为她渴望的对象。

她的父亲年事已高，终究过世了。

长长的送葬队伍离开哥拉顿街的房子，他本人则在马拉的灵车上。他们只需要把他送到几米外的教堂里。神父致辞时，每隔一会儿，曼就会发出某种本能的哭泣声。我坐在教堂的椅子上，用手臂搂住她，感受她内心火烧火燎的悲痛。

她的母亲很安静，好像悲痛用残忍的针脚缝上了她的嘴。我坐在曼和她的兄弟杰克中间，因为现在已经没有人阻止我了，我坐在那里，有种奇怪的耻辱感，尽管在座的活人中并没有人说什么不寻常的话。

她父亲还在世时，只有当他出门了，我才会出现在那所房子里，她母亲会让我进门，要么是因为和她丈夫对斯莱戈酒鬼的认知不同，要么是不想违背她女儿的意愿。

但是在接下来那个寒冬里，她的好妈妈在空荡荡的房子里日渐憔悴，最终也撒手人寰，石匠在她丈夫的碑文下刻上了那常见的文字，*以及他的妻子，玛丽*。

第二场葬礼过后，在会客厅里，前来哀悼的人都回家了，只有她的兄弟杰克还在那儿，坐在楼梯最上面的椅子里，长腿伸到窗台上，我们听不见他说话，他盯着晦暗无垠的大海，漆黑发霉，好像一面巨大的镜子，背面的镀银层正在脱落，他和往常一样，并不想开口说话，我单独和曼坐在一起。她敏感而脆弱。她看起来就像是在经济危机中失去了一切的富人，土地、房屋、钱财，谦卑而沉默地坐在那里，白皙的双手握着黑色的手套，低着头，盯着手和手套，好像它们会告诉她接下来要做什么。我莫名地感觉自己像医生，本能地知道她会相信我的诊断。就那么一会儿，我觉得我应该展现沉默的力量，一言不发。那应该是体贴的行为。这是个简单化了的曼。毫无疑问，她是那两位过世老人的孩子，完完全全是个孩子，我不知道她最终是否有那个力量成为别的什么。

“他真的是位优雅的老绅士。”我说。我说这话时她抬头面对着我，好像是在某个隐藏的天平上称量秘密的东西。漫长的停顿。

“你也足够绅士了，你有你自己的风格。”她说。并不是想要讨好我，甚至在那一刻她可能就是这么认为的。然后她又垂下眼眸，仿佛对话到此就结束了。

“我们可以在春天结婚，”我说，“如果你愿意的话。”

她原本盯着她的腿，此刻又抬眸盯着我，仿佛有那么奇怪的一瞬间，我和手套一样是没有生命的。

“我真的很爱你。”我说。

她眉头紧皱，双唇紧闭，好像有人用一根看不见的线拉着她脸颊的什么地方。她有足足一分钟没开口说话。我和她一起的这一刻，我是完全放松的。她就在我面前，我们俩膝盖微微相抵，我裤子上代表哀悼的黑色布料和她深色厚重的织锦裙摆几乎融为一体，仿佛我们俩的衣服率先结为连理了。现在我怎么能在提到她的时候忍住不赞美她呢？某件事情变得愈发清楚、清晰，所以我似乎一直在靠近她，却无法得出结论，就像现在，当我想到那时的她，当我在脑海中看到她，很久以前，当时她还年轻，当时她的父母已经离她而去。我所看到的是她的本质，孤单的、孤独的，但依旧是名出色的女性，满腹才华，精通音乐、擅长运动，如将领般聪明，她似乎就坐在我面前，即便是现在，当她已经离去，永远离去，也真实得仿佛触手可及，如此强烈，如此具有存在感，如此可爱。

“但是现在就是春天。”她说，好像就是这些让她难以开口。

“现在是初春，”我说，“我们可以在四月结婚。”

我不知道她当时在想什么。她自然没有说。她是否原本打算回英格兰重新开始教书呢，还是会和她的兄弟一起去罗斯康芒从事他的事业?

我突然感觉这是一双我无法牵起的手。我可以看到马群聚集在起跑门栅前，发令员一声令下，它们奔腾而出，我可怜的病弱小马当然是落在最后的那个，每一步都落后于人，不仅仅是这整场比赛的输家，还是每一段百米的输家。我脚下，悲惨的深渊已经打开了它的活板门。我就知道，我就知道，我马上要失去她了。我的自信感荒谬地放错了位置。她的脆弱感被我荒唐地误诊了。

“好吧。”她说。

像是一道电流。

“如果我看起来很悲伤，我很抱歉。”她说，看着我，微笑着，“我忍不住。你对我真好，杰克。我也很爱你。”

“那就四月吧。”我笑道。

“四月。”她说。

“为爱结婚,”我们小的时候爸爸会这么说,“否则你就会生活在孤单角,埋葬在悲伤街。”斯莱戈真的有这些地方,一处是在延伸到加沃格河冲积岸的一块突出的沙地,另一处位于小镇东端的某个地方。

第八章

夜幕降临时分，我迎来两位访客，一位官员和一位临时警察机关的治安官——所以，我想，在两个事物的交界期，是适合在黄昏时分出现的人。他们一个是白人，汗如雨下，但依旧俊朗；另一位是那些神色严峻，肤色黝黑的家伙之一，大概是尼日利亚人，统治着普通百姓。就像以前在爱尔兰，埃内亚斯会被派驻到任何地方——除了他的家乡斯莱戈，他们更喜欢让陌生人管理陌生人，因为当地人之间有太多联系。

“新”警察在阿克拉名声并不好，在汤姆·奎伊眼中自然也是如此，事实上他们到的时候他正要走，我从玄关的窗户里看到他们三个在尘土飞扬的院子里聊了一会儿，汤姆的态度和身体姿势明显表现出勉强和恐惧。

黑人治安官的粗鲁和敌意显而易见，汤姆现在似乎不得不在他们的陪同下返回屋内，因为他进来时，面带歉意，没精打采地跟在警官后面。

“少校，这两位要和您谈一谈。”他说。

“好吧。”我说。

白人官员大步向前，就像登门拜访朋友那样，姿态放松，掌控全局。从他的帽徽来判断，他位列督察一职。

“麦克纳尔蒂？”他说，“J.C.麦克纳尔蒂？”

“没错。”我说。

“恕我冒昧，问几个问题。”他说。我在想他是爱尔兰口音，但是国境北边的，可能是贝尔法斯特。

“当然可以。”我说，“我让汤姆给我们沏壶茶吧？”

这位督察没有看他的治安官，但是替他一并拒绝了。他招呼我坐到一把藤椅上，自己坐在了对面我通常用来放脚的椅子上。治安官阴沉地原地站着，汤姆在门边徘徊，希望能赶紧离开。

“所以是什么风把您吹来了，督察？”我说。

督察还没来得及开口，治安官突然语速飞快且气势汹汹地对汤姆说了什么，那一定是豪萨语[1]，总之不是埃维语。汤姆回复了一个简短的音节，可能是“是”或者“不是”，我不知道。

“治安官刚刚只是在确认打斗发生的时候你的男仆和你在一起。”督察说道。他刚仔细地刮完胡子，只有鼻子下面还有一小片胡茬，那是因为鼻子凸出来，所以鼻孔正下方

---

①属于亚非语系乍得语族，是非洲最重要的三大语言之一，在尼日利亚北部、尼日尔南部等地区被广泛使用，是西非地区公认的一种商业交际语。

剃须刀无法触及。

“什么打斗?”

“周五晚上在奥苏发生的打斗。”

“说实话我想不起来发生过打斗。”我说。

“也许你能记起来有个人，科菲·根菲，受伤了?”

“不记得。”我惊讶极了，但是与此同时，回想起那晚混乱的记忆，好像的确有些不可思议的情节在飘荡，比如有人坐在我身上，或者之类的。然后就是同样模糊的情爱的记忆。

“我们正在盘问所有参与的人，特别是你所在的那群人。显然你引起了不小的骚动。你经常和你的男仆去跳舞吗?”

“不是。”我说。

“我很希望你能够想起这件事。这里的人一般不会和我们实话实说，但是我想你作为欧洲人，应该会更热心。”

“恐怕事实就是我醉得不轻。”

到目前为止，不管我怎么回答，他似乎都不在意。他一直十分友善。是位好警察，我想。我不知道他在想什么。

“你的全名是约翰·查尔斯·麦克纳尔蒂，对吧?战争时期你是工程兵，之后在这里和多哥兰为联合国工作?”

“是的，主要是在这儿，阿克拉。”

“但是公投的时候你在多哥兰，对吧?”

“是的。”

“那是什么让你留在了阿克拉呢，麦克纳尔蒂先生?”

到底是什么呢?

“我只是在——休整，我想，在我回爱尔兰之前。我在写点东西。”我说，我很后悔这么说了，但是同时也意外地为我这奇怪的行为自豪。

“哦?”他说。

我朝桌子那边以及那本散落的会议记录本，挥了挥手，仿佛这样就解释了所有要说的。

“我能看看吗?”他说。还没等我用任何语言说出“能”或者“不能”，他就起身推开椅子朝桌子那边走去，拿起那个记录本。他打开它，不知为何大声读出了看到的第一句话，随机地，莫名其妙地：“*当我开始几乎每周都带她去戈尔韦的电影院时，我意识到电影对她而言就像是某种宗教信仰*”“我没看懂。”他说。

“就是回忆录，大概。”我说，当时有多自豪，现在就有多窘迫，“我妻子几年前过世了。这是关于她的回忆录，大概。随笔。”

“你觉得我能把它拿走吗?”他说。

“这只是私人的、非常私人的东西。它和除我之外的任何人都无关，即便如此，我也不大明白我为什么要写它。对了，我没听清你的名字。”

他还在翻阅着纸页。

“这是日记吗?”他说。

“不是，我不觉得是。我没听清你的名字，督察。”

他好像暂时失聪了。我真心不希望他把记录本拿走。我知道，如果他拿走了，我就没法再继续写了，虽然这毫无逻辑。

让我松了口气的是，他似乎对记录本失去了兴趣，把它放回了原来的地方，又坐回了椅子上。然后他坐了半分钟，一言不发，只是安静地看着我。

“你的名字出现的时候，我们感兴趣的不是你在奥苏喝酒了，也不是根菲先生伤得很重。我们感兴趣的是，当我们把你的名字告诉奥科先生，你的房东时，他说你供职于联合国，我联系了联合国，听说了你被解雇的原因。”

他让我消化了一会儿这个信息，而我微笑着，不知道除此之外还能做什么。

“关于这一点，你有什么想说的吗？”他说。

“我想这其中大概涉及一些机密。”我说。

我感觉我现在知道接下来要发生什么了。来自霍城[①]的那段不愉快的经历又将萦绕着我。那个瑞典人，埃曼纽尔·海斯特，还有他那疯狂的计划。我被他，和他那轻松赚钱的承诺给骗了。根本没有这样的事情。

“哦？”他说，“军火走私，不是吗？你知道，加纳还是个不稳定的存在，我相信你理解的。有些事情还在恶化

①加纳东南部沃尔特地区首府，曾为英属多哥兰首都。

中……我们很好奇你留在阿克拉的原因，而且你曾经还有军火走私的嫌疑。”然后他紧接着说道，仿佛两件事情是相关联的，“你听到这个可能会被逗乐，我在皇家阿尔斯特警队服过几年役。爱尔兰和这里的警察机关有着某种形式的悠久联系。”

“哦?”我说。

军火走私。这几个字在我耳中作响。

“那么，别人对此会说什么呢?”他微笑着说。

“对什么?”

“你的所作所为。”

“没有什么所作所为。这是误会。没有记录表明我在多哥或其他任何地方走私军火。联合国的官员这么说实在是大错特错。我在那儿和一个人交好，一个瑞典人，他的确为反叛军提供军火，但我必须要多说一句，事实上这些反叛军从来没有机会造反，因为最后公投很成功。而且这个瑞典人，埃曼纽尔·海斯特，我相信你知道的，他被拘留并起诉了。”

“当然了。”督察说，然后他站了起来，“这次拜访就是在警告你。你明白吗?我经历过爱尔兰和巴勒斯坦，不会被你们这样的人要的。”

我只能诧异地看着他，不带任何立场。

“如果我们发现你再参与类似的行为——如果你真的再参与，这必将会公之于众，就像白天过后黑夜终将到来一样确定——我们会诉诸法律，对你追究到底，而你必将会受到彻底的制裁。”

现在他不是那么冷静，或者说是另一种方式的冷静，冷峻严肃，趾高气扬，仿佛斗牛士在挥剑驱赶。

“你在这里并不是那么受欢迎。我给你的建议是尽快回家去。你在加纳完全无事可做。如果你不怀好意，觉得自己能逃过一劫，那你就大错特错了。”

他已经说得很明白了，他也知道这一点。我突然充满了不祥和悲伤的感觉。不仅仅是因为他说的话。某些不那么具象的东西，某些深埋在一切之下的东西，我自己的一些变化，一场小小的地震。我为什么要待在阿克拉呢？我为什么要在这里，和汤姆一起，在不该在的大西洋这一端？这个问题我之前一直无法回答，现在被这位警官问起，仍然没有找到答案，不管是对他还是对我。

“好吧，”他说，“晚安。”

我朝他点头，没找到合适的回应。治安官全程自然没有和我说过一句话，但是一直站在那里，像马来西亚的神一样看起来凶神恶煞，他跟着督察出了门，融入漆黑的夜色之中。

我就在那儿坐了一会儿，汤姆站在原地不动。

“警察都不是好人。”然后他说道。

“根菲怎么了，”我说，“这个科菲·根菲？”

“你吻了他的女人，你们打了起来，然后他坐到了你身上，然后有人把他拉了起来，因为他想要杀死你，然后他出去想要杀死他的女人，那女人的兄弟为了阻止他狠狠揍了他一拳，现在他在医院。”

“所以我发誓不能再喝酒了，所以我再也不能喝酒了。”

“就是这些警察在老兵游行的时候杀死了我的朋友们。逮捕我们，拷打我们。他们说这个警察机关不一样了，但他们还是老样子。”

“不行，再也不能喝了，上帝啊，帮帮我吧。”

“阿门。”汤姆说。

第九章

1926年。我们的婚礼。教堂这一侧，优雅体面的人们赶来参加曼的婚礼，从卡文赶来的姑母玛丽亚·谢里丹，就是和柯林斯认识的那位，穿着织锦日礼服，让她看起来似乎不可违抗，但又十分精致。曼的其他姑母们，来自罗斯康芒、卡文和利特里姆[①]，古老的戒指、项链与手环上点缀的黄金和红宝石，在教堂神圣的幽暗中闪闪烁烁。还有最重要的，她那华贵的兄弟，杰克，罗斯康芒的医生，高傲，戴着绸缎帽子，自信，沉静。曼很喜欢他，据说他也很喜欢曼，即便他很少回来，总是在罗斯康芒钓鱼、狩猎。他穿着袜子就有一米九八，我知道的，而且不论从哪方面看他都和她父亲一样让我钦佩，我祈祷着他会喜欢我。

这些人都坐在他们那一侧，姿态放松，神色庄严，引人注目，要是换作其他场合，我会怀疑他们其实是新教徒。

---

①爱尔兰的一个郡，位于爱尔兰岛北部。

另一侧，我的那一边，是我矮小利落的弟弟汤姆，穿着他最好的西装，当然是我父亲做的，都柏林没人能做出更好的西装了，即便严格来说，这已经是几年前的款式了，但是哪怕他看起来像是乡下来的，这种乡下也带着一丝讨人喜欢的神气。后面是我的父亲，老汤姆，戴着一顶从卧室的某个阴暗角落找出来的平顶草帽。他给自己做了一套燕尾服和黑色西裤，以及一件略显逊色的灰色旧外套，他从没试过做这样的衣服，所以应该是店里买的。他在长凳上坐着，纹丝不动，双目紧闭，这样看起来他好像是在美国被行刑的火车劫匪的旧照片，张贴在各处用来警告边境人口。

他旁边是我母亲，大概是白日里发生的什么事让她的打算落空了，因为的确可以说她的着装不大对。她戴着旧布帽，穿着简洁朴素的黑裙子，不像玛丽亚·谢里丹的，虽然也很简洁，但是她的原本就没花多少钱，因为我母亲不在意这些事情。

然后是曼，挽着玛丽亚的老公尼古拉斯·谢里丹走来，身着婚纱，一袭丝绸长裙。

现在我站在曼身旁，看着面前的神父。他问了我那个问题，我回答“我愿意”，他盯着我，强大的威力让我也看着他，那疯狂的一刻好像是我要和他结婚，然后他问了曼同样的问题，现场陷入一片安静，乞求着她的声音，她的首肯，但是什么都没有。我不敢看身旁的她，现在我有点生气，气这该死的安静，你都不会这样对一条狗，更何况是穿着自己父亲亲手做的礼服的男人，扣眼上配有精致的花，我视线远处母亲的脸吓得发白，可能我自己的也是“我愿意。”她说。

我们在教堂门厅签署婚姻登记表，形形色色的人聚在一起，我母亲，兴高采烈，几乎快要跳起舞来，你可以想象那样子，我父亲微笑着，发自内心地开心，平顶帽堪堪抵在他头上。曼在我的名字旁边签下自己的名字之后，我父亲热情地握住了她的手，她微微靠向他，亲了亲他的脸颊。然后她亲吻了我的母亲和她的那些姑母和表兄妹们。之后她兄弟和我握了手，我对他这一天的好心帮助表示感谢。场面和谐。一切都很正常，井然有序，至此我的人生圆满，我对曼的爱修成正果。尼古拉斯付了南方大酒店喜宴的钱，我母亲做了一个大蛋糕。汤姆买了到都柏林的火车票，还安排我们在巴里酒店住了几晚。神父完成仪式后，就像下班的演员，一身轻松。雨中的光线从大门闯进门厅，像是美满和希望之光。

曼走得很快，等我走到那条狭窄的街上，她早已没了踪迹。但是教堂边上有她的面纱，像是从上帝的庄园里清扫出来的蜘蛛网，显然是从她头上扯下来丢在一旁的。外面大雨滂沱，我没有外套，但是我想如果我沿着巴特米尔克路跑快点的话，也许可以追上她。等我绕过街角进入圣奥古斯汀街时，一个小女孩站在那里，看着自己的手掌，我能看到她手心有个金环，曼的结婚戒指。十五米外是曼，滂沱大雨中的白色幽灵，朝着河边，步履匆匆。

远处，小房屋对面，雨滴打在许多巨大的灰色窗帘上，破败不堪。虽然才刚下午，却因为这连绵的雨滴，到处都漆黑一片。置身其中的，宛如跳动的白色心脏，是曼逐渐消失的身影。

很快她就会走过沃尔夫·托恩桥[①]，我想。然后她就会沿着克拉达[②]的边缘走去。她要去哪里？她在想什么？我跟着她过桥，我沿着克拉达沿岸走，确保她在视线范围内。春日潮涨，海风喧嚣，潮水拍打着海港与堤坝，水柱旋转着抛向空中，打湿了行人。现在我走到了哥拉顿街，狂暴的海水挤满了海湾，看起来似乎是这样的。

她就在那里，我的新婚妻子，依旧在十五米开外。现在，暴风雨觉得还不够猛烈，开始怒吼、咆哮。就在几年前，我正是在这条路上，跟着她从大学走回家。当时我还对她一无所知。现在我对她了解得更多了吗？表面看起来，我可能很尴尬，完全不知道要对我们婚礼的来宾说什么，但是内心深处我很担心她，仿佛她要逃离的不是我，我只是这件怪异的紧急事件的旁观者。

---

①得名于沃尔夫·托恩（Wolfe Tone，1763—1798），反抗英国统治的爱尔兰革命领袖。

②靠近戈尔韦市市中心的一片地区。

黑棕部队[1]曾经驻扎过的军营就在我右侧，昏暗，废弃，正如它所铭记或遗忘的那段历史一样。我还记得柯万先生控诉过他们一度“在这个无辜的爱尔兰海边地带”出没。最后我来到哥拉顿街的转角，通往房屋的前面。我能看到他们那可怜的家蜷缩在雨中，好像是过世的柯万先生那孤零零的象征，宣告他的时代已经结束。

现在我走到了那古旧漂亮的大门前，透过栅栏向里张望。我大大松了口气，她在那里，在走廊里，姿势相当怪异，她右手紧抓门环，如果她之前在叩门环的话，现在已经不再那么做了，她身体悬挂在这只胳膊上，头靠在左侧肩膀，整个躯干和双腿耷拉着。她的脸倚靠着门，好像倚靠着前门上无人看顾的涂料。我悄悄走到她身边。我想我本可以生气的。我本可以责备她、控诉她，但是没想到，事实上我对她只有敬意。

“曼。”我说。我感觉可以听到她喘着粗气。冷冰冰的屋顶上空乌云疾驰。所有的美好和渴望似乎都离它而去。我没想到她的兄弟杰克，这所房子现在的主人，竟然任由它荒废，不过当然了，他住在罗斯康芒，他的工作在那里。原本干净的石子路上有春草冒出来。由于潮涨得很高，房子旁边的泥地里黑水漫延，只有去年种的狗舌草还从水线上冒出褐色的茎秆。何其可悲的一幕。

---

①Black and Tans，指皇家警队后备队，是皇家爱尔兰警队部署的两支准军事部队之一，用于镇压爱尔兰共和军在爱尔兰发动的革命。

“他不在这儿，”当时她说，“他不在这儿。”

“这里一个人都没有，曼。”我说。

“我以为爸爸可能会在这儿，但是他不在。”

“你父亲，你记得的，曼，他已经走了。”

“我知道。”她说。

然后她直起身子转了过来。我从没见过有人如此浑身湿透，除非是刚游完泳。她那美丽的婚纱就像是白色的海草，贴在她身上。

“天哪，天哪。”我说。

“我知道。”她说。

“是这样吗，曼？你不想嫁给我？是这样吗？”

“我害怕，”她说，“我害怕。”

“怕什么呢？怕什么呢？”

“我不知道。我害怕。”

她抬头看我。

“没什么可怕的。”我说，心里却不知道这样说对不对。

“你觉得我们能翻窗进去吗？”她说，“我想再看看这个地方。”

“这并不合适。”我说着，走近客厅的窗户，我以前常常会敲这扇窗来引起她母亲的注意。我正要试试往里看。但是这只是借口。我一走开，她就走了，飞奔向花园围墙，轻轻一跃，落入漫水的泥地。她在水中走了五六米，天知道这块地有多大，显然她很快会沉到水下，不见踪影。我也越过围墙走进泥泞的水中，想要追上她，这种彻底的黑暗、模糊令我恐惧。她停下了，我走到她身后。我看到她肩膀沉下去了。我能听到她在哭，我想我从没听过她这样哭。她的哭声低沉得奇怪，这让我害怕极了。

“我想回去。”她说。

“你想回去哪里?”

“我想回去，我想回去。”她说。

“我不明白。”我说。

我走近一步，双手搭在她两边屁股上，看她没有明显的反抗，又用双臂环住她，尽可能靠近她。我怕把她撞倒，倒在我们脚下粗糙的地上。很奇怪，大雨倾盆，尽管她浑身湿透，没穿外套，也没戴帽子，但是丝绸之下她的身体却和正在运作的引擎般温热。

“我把我的婚戒给了一个乞讨的小女孩。”

“我要回来了，”我说，“我给了她一先令。”

“她真是个小可怜。”

尽管如此，和婚礼宾客们解释这件事情并非难事。我敢肯定他们都摸不着头脑，但是也被逗乐了，把这一切都归结为曼亢奋激昂的天性。玛丽亚·谢里丹说我跟着她走到水里，这是她听过最浪漫的事。玛丽亚似乎和曼很亲近，据她说，她打算在她和尼古拉斯“登极乐”之后把卡文的财产都留给曼。所以玛丽亚说的肯定都是对的，我想。这就是曼亢奋激昂的天性罢了。她兄弟杰克给她开了镇静药，确保她还没死。玛丽亚和我母亲为她脱下了湿透的衣服，我在走廊等的时候听到她们在酒店房间里笑。

之后我们度过了最甜蜜的蜜月。曼爱都柏林。我们每天下午都去看电影，晚上听音乐会。曼最喜欢的作曲家是普赛尔[①]，我们还在古音乐剧院看了《狄朵与埃涅阿斯》。我常常能听到曼自己哼唱这部歌剧。《狄朵的哀歌》（*Dido's Lament*）。曼大方地包容了巴里酒店的不足，后来还给汤姆写信称赞酒店并道谢。她在都柏林好像变了一个人，坚定、有活力。她在街上大方地挽着我，滔滔不绝地和我讲述她在萨希尔的童年趣事和在英格兰的教书奇旅。突然之间，我们的婚姻好像一枚贝壳，是她在风雨肆虐的海上立足的地方，维纳斯重生了，为她的第二次生命做好准备。我们在老旧的酒店房间里做爱，享受尘世爱侣最真实的、不可撼动的快乐。

当我长眠于地底
愿我的罪行
不会扰乱你的心——
记住我，忘掉我的命运

---

①亨利·普赛尔（Henry Purcell，1659—1695），巴洛克时期的英格兰作曲家，吸收法国与意大利音乐的特点，创作出独特的英国巴洛克音乐风格。

第十章

过去两周里，蚊子在我四周阴魂不散，让我受尽折磨。我第一次感受到它时，那次醒来，就像是喝下了一罐变质的卜丁酒[①]，尽管自从打斗那晚过后，我滴酒未沾——其实蚊子就是从那一晚开始骚扰我的。一阵恶心和高烧向我袭来，我出汗不止。我既没法起床，也不能舒舒服服地躺着。我母亲来到我床侧，如幽灵般照料着我，抚平我的眉头，无论怎么看这都是不可能的，包括事实上她所站的那侧床沿紧贴坚实的墙壁，或者说至少在这条奥伊斯威大街上这已经算是一堵坚实的墙壁了。她朝着我微笑，然后消失不见。巨大的悲伤席卷着我，被一阵阵咳嗽打断，猛烈的咳嗽。等汤姆·奎伊终于来上班的时候，他发现他的雇主像个小耶稣一样伸着手臂，胸口不停起伏，他的头就像是块小石头，一次又一次经受着锤子的敲击。

---

①Poitín，爱尔兰特有的私酿威士忌。

汤姆赶紧去找医生，但是其实他立马就知道了，我自己也很清楚，是疟疾。我得过好几次疟疾，但是它的混沌和凶猛总是会令我吃惊。人会忘记得疟疾的感受。曼说如果女人真的能记得生育的体验，她绝不会再生孩子。要是人们能保存得疟疾的记忆，没有人能受得了留在非洲。

汤姆从镇上找来一位医生，克里斯蒂安森医生，一位笑声爽朗、行事冷酷的大块头丹麦人。我不记得我在最初的几天里对他说了什么。很多事情我都记不得了。有许多人来来往往，但是我想，除了汤姆和那位医生，其他没有一个是真实的。曼没有出现，但是我最神志不清的时候，我依稀记得我呼唤过她。或许她不来也好。那样会很奇怪。

事实上，我缠绵病榻时，的确有人来看望，但是我也不记得他了。很显然，汤姆说是打科菲·根菲的人，应该说是第二个打他的人，那位美丽的女人的兄弟，来要钱。警察好像已经完成了调查，现在这个人有胆量，或者说有责任来为他的受害者索取赔偿，这真是既古怪又复杂，即便是像汤姆这样英语很好，也很难解释清楚。是他自己打了他妹妹的爱人，但是这个事实并没有我一开始以为的那么要紧，除了也许让他更加有勇气来找我，我猜他一定很后悔。但是在这个男人看来，他觉得他是在帮我，他阻止了一场谋杀，甚至是两场，那个女人和我。然而，关键是他想要拿钱给因为住院而一贫如洗的科菲·根菲，汤姆告诉我，对加纳人来说，住院是非常昂贵的。科菲·根菲头部遭重击，现在很难从事日常工作，更别说他的手臂也伤得很重了。我想汤姆是在小心地暗示可能是我伤了他的手臂。

“好吧，汤姆。”我说，“你和他说了什么？你觉得我应该支付一部分根菲先生的费用吗？”

“不，少校，你不应该。他不是个好人。他进过好几次牢房。他是个暴力的人。轰掉了！你一旦给那种人一分钱，他就会每天上门来要一块钱。记住我的话。”汤姆说道，措辞得体。

我感到无比宽慰，因为一直到那时，在他说话的过程中，我一直有种强烈的不祥预感，觉得汤姆会劝我给钱，这会让我很伤心。现在他的确定和睿智鼓舞着我。而且，在我病得最重的时候，他一直照料我，用他宽大的手臂一次又一次扶我到厕所，凭着母亲那般的意志力清理我的呕吐物等等。我知道，两周来，每天晚上他都坐在前屋，在我的桌子和随笔旁边，藤椅拉到墙角，因为他喜欢往后靠，用椅子后腿保持平衡。我退烧后，能听到他在那儿轻轻哼唱，一遍遍诉说他隐秘的心事。我亏欠他很多，其实可能我也愿意拿出一些钱帮助根菲先生。但是汤姆不同意。

“你已经解释过不会有钱了，我希望这位男士明白现在的状况，是不是，汤姆？”

“啊。”汤姆说着，就此打住，仿佛他并不愿意为这种事冒险说谎，甚至不愿发表任何意见。然后他去厨房泡了点茶。克里斯蒂安森医生让我买了各种药品，汤姆尽职尽责地喂我吃下，一勺又一勺，一片又一片。也许他并不认为姨姨能治疟疾，虽然她对付宿醉颇有一手。

我们在戈尔韦一处破旧的老宅子租了几个房间，还在四周围起栅栏，称自己是真正的已婚人士。

新婚一个月不到，我们收到了玛丽亚·谢里丹那封有名的电报，蜉蝣季到了，我们兴致昂扬地驱车向东前往奥玛德，炫耀我们新婚夫妇的身份。

谢里丹一家就是热情的典范，曼之前就常常说起。谢里丹夫妇没有子嗣，他们常常暗示曼作为他们最爱的侄女，可能会继承奥玛德的房子——想到就令人激动。当蜉蝣黄色的翅膀在谢灵湖①上空熙熙攘攘，这就是玛丽亚的朋友和家人期盼已久的信号，他们会抛下一切，来到卡文。尼古拉斯的兄弟菲利克斯，虽然呆头呆脑的，但是温和无害，他会仔细地扫去网球场上的落叶和冬日留下来的垃圾，山上的泉水汇成小溪流下来，他会修理溪流里的旧坝，让鲑鱼栖身的河床深度足以游泳。教区神父、医生、律师、银行经理，周边各色强健的天主教农户们，以及所有的姑母和表亲们，都汇集到这所老房子，好像他们也是一种蜉蝣，

①位于爱尔兰中部的淡水湖泊。

遵循着远古的召唤。

我们到之前，曼的兄弟，杰克，已经到了，他气质沉静内敛，身高非比寻常，从罗斯康芒带着他的钓鱼竿和鱼线急匆匆赶来，因为除了飞钓，或许还有打猎，当然了，还有曼之外，他对任何事情都概不关心。当我走进陈旧的走廊，他朝我走来并同我握手，我如释重负。

“好了。”他说。我想在整段做客过程中他总共就说了这么多话。

身为曼的丈夫，我受到了盛情接待，对此我不胜荣幸。长长的餐桌上堆满了农场的水果，我们不仅是客人，更是带来快乐的客人——玛丽亚显然很喜欢她挑选的这些人出现在她家里。

晚上曼大胆地演奏钢琴。白天，她在网球场上大杀四方，不论老少。她穿着深蓝色连体式泳装，自信地在鲑鱼池中转圈，她的亲戚菲利克斯看着她，呆呆地笑着。我对着玛丽亚既安心，又开心，我和她说起我的旅行，她似乎很喜欢，我和她丈夫尼古拉斯谈起桥梁、道路和沟渠，这是我们的三个共同点。尼古拉斯是旧政府时期前太平绅士[1]，也是很少见的天主教地主。

1920年，谢里丹一家曾收留过迈克尔·柯林斯的未婚妻凯蒂·基尔南住在奥玛德。当然了，我们初次造访时柯

①Justice of the Peace，起源于英国，是由政府委任民间人士担任维持社区安宁、防止非法刑罚及处理一些较简单的法律程序的职衔。

林斯已经过世。但是独立战争期间，他曾因选举事宜来到卡文，结识了基尔南一家，他们在格拉纳德[1]经营一家小旅馆和一家杂货店。一天，一位来自都柏林的警官被射杀，当时他正在旅馆酒吧喝酒。基尔南一家与那位年轻的警官相识，也和柯林斯相识——冲突中两个对立的阵营，我们在联合国会这样说。那位警官很有可能死于柯林斯同伴之手。但是不论爱尔兰错综复杂的时局如何，九辆载满人的卡车从卡文的军营驶来，车上的皇家爱尔兰警队警察和士兵报复性地将基尔南家的房子，连带着格拉纳德的大部分地方付之一炬。基尔南一家，包括凯蒂在内，逃到了奥玛德，谢里丹一家收留了他们，我相信，在那段动荡的岁月里，这让柯林斯感激不尽。

白嘴鸦在山毛榉上大发牢骚，夕阳落下枝头，失去光彩，网球选手们在暮色中依旧奋战，求胜心切。杰克·柯万从河边归来，钓鱼竿上挂着鲑鱼，老菲利克斯在路上胡言乱语，玛丽亚在屋内生火，煮起一大锅土豆，又烘又烤，显然一切都在井然有序地向前推进，令人鼓舞。

我很自豪，自豪能在这样一群人之间，能被他们接纳。我在基尔纳莱克[2]被大家称为“杰克·麦克纳尔蒂，曼·柯万的丈夫，年轻的土木工程师”——仿佛这是一串高贵的头衔。

---

①位于爱尔兰朗福德郡北部。

②位于爱尔兰卡文郡的一座小村庄。

我们在非洲的日子，我们的青春岁月，一去不返，千金难买。

起初她并不愿意出去，服役，为英国，可以这么说。

我前往伦敦去外交部面试。那里有位和蔼的绅士，很奇怪，他对我只有二等荣誉学位这个事实颇受鼓舞。他说最适合殖民地的人不是那些只会舞文弄墨的一等荣誉学位毕业生，而是那些足智多谋的二等荣誉学位毕业生。我在黄金海岸谋得一份工作，他们曾经把那里叫作白人的墓穴。我没有和曼说这件事。

但是如果我回到三十年前，1927年，我们一起出发的时候，我想知道我还有多大可能再回到一个真实的世界？那时初次体验的殖民地生活，那个看似明亮广阔的世界，给我当时的生活带去了一种好奇和高扬的质感。

但是我似乎能清楚地看到曼，年轻时明艳动人的曼。她的头发还没有向非洲的光照丢盔弃甲，她的皮肤也没有向非洲的温度缴械投降，像年老的杰克·雷诺兹和比利·凯彻姆的妻子们那样，他们是我们驻地的另外两位殖民地官员。她和大家相处时带着显而易见的优雅从容，让大家都很喜欢她，有时很夸张，特别是雷诺兹夫人和凯彻姆夫人，她们俩都有和曼一般大的女儿，但是都远在英格兰。曼不像她们那样爱喝酒，但是很喜欢她们的鸡尾酒里的樱桃，她们会给她吃那些樱桃，就像是你在喂特别的宠物。

“亲爱的麦克纳尔蒂夫人”，她们这样称呼她，仿佛“亲爱的”是一种荣誉称号，即便她没在她们身边，我也会听到她们提起她，可能坐在猴面包树的树荫下，“亲爱的麦克纳尔蒂夫人”这“亲爱的麦克纳尔蒂夫人”那的。

起初，经历过她口中的“相当有趣的艰难跋涉”之后，我们抵达驻地。我们的交通方式是一辆尘土飞扬、闷热难当的小巴士，它穿越撒哈拉沙漠，在北非和黄金海岸之间往返。它之前也上过漆，但是几次沙尘暴之后它又褪成金属的颜色了。这片沙漠快有欧洲那么大。人们，当地人和来自帝国的人，在绿洲闲逛，带着神秘的意图蔑视酷热。然后他们会渐渐散开，渺无人烟的广阔沙漠重新登场，只有巴士这位吵闹的入侵者。

巴士里，滚烫的金属外衣下，坐着我和曼，她凝视外面，和人类文明渐行渐远，她不看的时候，我就凝视着她，担心她会怎么看待非洲，怎么看待我把她带到这里。

但是当我看着她，她脸上有时会浮现出纯粹的快乐，无论是出于她自己的思绪，还是她看到的什么让她开心，虽然这片广阔无垠、千篇一律的沙漠上有什么我不知道。根据我的地质学学位我知道我们正驶过哪种地表。我能猜到砂粒的历史，知道哪些岩石被裹进其他岩石中，也能想象曾经为这片土地增色的古老森林和海洋。我知道这一切地质学知识，却对我这位新婚妻子知之甚少。

但是，总的来说，殖民地生活让曼十分激动。我们的驻地偏远又袖珍，但是一切井然有序。她喜欢我穿上我的白色制服，她喜欢有泥墙和大屋子的平房，她喜欢事物的秩序，她称之为英式风格，以及大家对她表现出的尊重。她把自己之前的政见搁在一边，以开放而好奇的眼光打量着四周。她阅读书籍，了解黄金海岸的部落、语言、珠宝和家具、部落首领和巫医。

她的存在耀眼夺目，如同这个国家源源不断的热量。她正值青春年华，她也未曾背弃她年轻的天分。她好像对这份特权了解得一清二楚，且恣意享受。

夜晚，非洲仿佛是扩大版的奥玛德，她为我们弹奏钢琴，凯彻姆夫妇、雷诺兹夫妇和我。一天晚上她弹奏了一曲肖邦，精妙绝伦，事先未经练习。曼神情专注，双眼似乎要穿透乐谱，直到你担心会不会有小黑点冒出来，迸发出火苗。女士们带着习惯性的好奇倾听着这位多才多艺的爱尔兰女性。杰克和比利，轻轻倚靠着俱乐部吧台，似乎也被曼的演奏打动了，她敲击琴键，用完美的和弦结束演奏，雷诺兹夫人和凯彻姆夫人从藤椅上跳了起来。

“棒极了，亲爱的麦克纳尔蒂夫人。”凯彻姆夫人说。

然后曼提议我唱《皮卡第的玫瑰》[1]，她现在经常听我在刮胡子时唱这首歌。

“好吧，如果你想让我唱的话，曼。但是我可比不过你的演奏。”

“来吧，杰克，”她说，“看在我的面子上。”

“我当然会唱了，看在你的面子上。”

“要我也这么想。”杰克·雷诺兹不动声色地幽默道。

夏日来临，玫瑰将要凋谢，
我们也将相隔天涯，
但是皮卡第有一朵玫瑰不会凋谢，
那是我心中的玫瑰。

“太棒了，杰克，太棒了。”比利·凯彻姆说，最后，他眼含热泪，毕竟这个男人曾经经历过歌里提到的皮卡第。

---

①Roses of Picardy，英国流行歌曲，由弗雷德里克·韦瑟利（Frederick Weatherly）作词，海顿·伍德（Haydn Wood）作曲，1916年在伦敦发行，是第一次世界大战期间最著名的歌曲之一。皮卡第是法国历史上的一个省份，从努瓦永北部一直延伸到加莱，这个地区包括索姆河战场——第一次世界大战期间最激烈的战斗现场之一。

第十一章

曼订了许多产科书籍，着手在驻地成立一个小诊所，不是给我们自己，而是为了当地妇女与小孩。新生儿产褥热高发，曼开始教导母亲们卫生的重要性。这绝不是一群未开化的人，我们的男仆汤姆·无名氏帮她翻译，她们很听她的话。

汤姆·无名氏，我几乎忘了他。第一个汤姆，在汤姆·奎伊之前。之前他在学校要取英文名时，他选了无名氏，因为他喜欢这个词的发音。曼和汤姆互相都很赞赏对方。她希望他穿着得体，为他做了两套白西装，还给了他一顶合适的软木帽。事实上她不会没完没了而漫无目的地谈论当地人。凯彻姆夫人和雷诺兹夫人总是对非洲人、对非洲嗤之以鼻。比利·凯彻姆会抱怨“村子里的臭味”。那时曼总是带着狮身人面像一般的微笑，一言不发，难以捉摸。

如果没有野蛮部落需要征服，她自然也征服了托马斯，古德沃兹勋爵，阿克拉总督——朋友们眼中的好好先生。他给她筹到了资金。这是没有报酬的，非官方的，不在他的职责范围内的。结果证明，她从她兄弟杰克那儿学到了一些医学知识，每个月布思医生都会带着物资从阿克拉过来做手术，她梦想着让奎尼·莫兰到这间小小的木房子里当护士，可惜从未成真。就这样她赢得了奇迹创造者的美名，死亡率也几乎降到零。炎热似乎一点儿都没困扰到曼，凯彻姆夫人惊讶极了。她在这块炎热的大地上走来走去，不撑伞也不戴帽子，晒黑也乐在其中，她几乎可以被认作阿拉伯女人了。一天我早早醒来了，翻身看向床上的她。夜里被单被踢掉了，她洁白修长的身躯躺在那里，脸被晒黑了，手臂一直到肘关节都是棕色的。她的身体纯洁、永恒，好像一幅古老的画作。

结婚三年了，我有时会担心她会对我感到厌烦。你总得为什么发愁。但是这份担心时有时无。身为区域长官，我常常要出差，那时我就会想东想西，当我躺在行军床上辗转反侧，我就会发愁，但是回家后我又会重新意识到她很适应殖民地生活。你可能会想，身处广袤无垠、天气恶劣、寸步难行的西非，方圆千里包括自己在内只有三位白人女性，没有什么比这更拘束的了。其实不然，她喜欢那样。有时她会散发出“监督”的感觉。晚上我们坐在平房的藤椅上，假如我正在读丁尼生或是吉卜林的书，小酌几口威士忌，飞蛾扑向煤油灯，她有时就那样看着我，这种感觉并不总是那么舒服。那种情况下她话很少，但是沉默许久后，她会时不时地说几句，好像是在回应谁，尽管我看不到也听不到。有时她会吓我一跳，对某些我从没想过的事情发表见解。

“你知道吗?”她有一次说道，“一百年以后，非洲人可能会统治我们。我希望他们以后会原谅我们。”

“你这是什么意思，曼?”我说。

“哦，”她说，“我们习惯了主宰人们的生死。你知道比利·凯彻姆去年在这里绞死了一个人吗？哦，没错，”她说，“这种事情已经司空见惯了。”

“不，曼，我不这么觉得。不会的。”

“相信我，杰克。”

“好吧，我们有生之年可能见不到。”

“幸好，杰克，你是地区长官。”

然后她笑了起来。

“我不是在怪你，杰克。我喜欢你。如果他们要绞死你，我一定会挺身而出的。”

“谢谢你，曼。”

事实是，和她坐在一起我就很开心，不管她说什么，不管她在想什么。我以她为傲。我想，不，我知道，她是个美好而独特的女人。不同寻常是你能想到的关于她最不好的形容词。她不同寻常。她对我有无限的吸引力。

甚至昨天我都清晰地梦到了她，梦里她对我很“善良”，她是这么说的——“现在我会变善良”，她会这么说——听着我说话，略带讽刺地倾听，尽她所能努力不笑出声，等我停下来的时候——我记不得我在说什么了——她向我挪了挪身子，双手环住我的肩膀。然后她又朝我移动一寸。如此细微的动作，却在梦中攫去了我的呼吸。

后来，她不得不回家去。她怀孕了。

“这一定会传染，”她说，“诊所里都是健康的婴儿。”

然而布思医生和驻地的女士们都建议她回欧洲去。唉，我的合同还有六个月才到期。所以她只好走了，孤身一人，坚定勇敢，带着她的皮箱和一个黑色航海箱，上面刻着白字：

曼·麦克纳尔蒂夫人

由托马斯·麦克纳尔蒂夫人转寄

约翰街，斯莱戈，爱尔兰自由邦

旅途中不需要

“千万要照顾好自己，曼。”我说。

“别担心，杰克。我想我知道接下来要面对什么。别错过洗礼式。”

“哦，曼，”我说，“曼，多么意想不到的事，一个孩子，我太开心了。”

“没错，”她说，“没错，你说得对。”她满面笑容，“这是件好事。我想我应该和你说声做得好。还是说这只是男人之间互相说的？”

“如果你想说，你也可以说。”

“那么我说了。做得好。”

“你也做得很好，曼。”

“啊，没错，当然了，没错。我必须说我花了很大努力。”

“你真是个可怕的女人。”我说着，放声大笑。

“我知道，”她说，“可怕。”

她最近救了一只失去父母的狄安娜长尾猴，所以她决定把它带在身边。

“终于，”她说，“你可真是相当健谈。”

“好吧，好吧。”我说。

“但是，我会想你的，杰克。”她说道，语气严肃认真。

“会吗？”

“天哪，当然会。”她说。

凯彻姆夫人和雷诺兹夫人也出来道别，泪沾湿了手帕，真心感伤，她们许诺以后会去爱尔兰看她。村庄里的女人们也来为她送别，这让她十分开心，她们还送她象牙做的大象来纪念她在非洲的这段时光。

我陪她到海边，送她登上半岛东方轮船公司长而巨大的船。车上，她在换挡间隙握住我的左手，有一两次还把我的左手放到她的肚子上。登上跳板时，她在颤抖。在那样一艘大船面前，栏杆上的任何人都显得很渺小。

她乘船远航，而我不得不前往阿散蒂[①]，检查新运河的进展。

我在挖掘工人中走来走去，忍受着酷热难当的工作时间，为的是把水引到北边。酋长们要求开辟运河，殖民地部照做了。这是份崇高的工作，一般来说我会全情投入。但是此刻我的心溜到了曼身边。

我母亲一路从斯莱戈赶到都柏林接她。曼在北墙码头下船，妈妈就在那里，穿着一直以来的黑裙子，全神贯注地等着。曼说我母亲在码头想要牵住她的手，好像她是个孩子，但是因为曼很高，而我母亲身材矮小，所以一眼看去是我母亲比较像小孩。不论如何，曼都不大确定她是否希望自己的手被牵着，船停靠在直布罗陀时，她买了一件宽敞的深蓝色大衣，她如今正穿着这件大衣，想要隐藏她的身孕，猴子在她的肩膀上，就像一团染了几分橘红色的黑白火焰。她很感激我母亲来接她，但是她不想被当成老弱病残。然而我母亲坚持如此，一路领着曼到了金斯布里奇车站，坐上火车去斯莱戈，一路上对她关怀备至。

---

①加纳第三大行政区，位于加纳南部。

她要在约翰街的小房子里生孩子。她觉得让远在罗斯康芒的兄弟来接她并不可行，虽然他是名医生。玛丽亚·谢里丹表示她很乐意接她去奥玛德，但是曼并不确定，仿佛不知怎的孕妇没法去奥玛德。约翰街的房子都装不下一只猫，更别说狄安娜长尾猴了，但是曼更愿意待在那里。

下雨了，终于。一整天，通常是蛋青色的天空边缘呈现出一种金属般的灰色。几分钟前，宇宙抖了抖肩，时间似乎倒流了，然后又奔涌着向前追赶，天空像是腐烂的桅帆，从一千处地方四分五裂。大雨倾盆而下，你可能会觉得没有生命可以在其中呼吸。昆虫、鸟和其他动物，所有别的声音都湮没其中。棕榈树像舞者一样弯下腰肢，它们可爱的服装又扯又打。铁皮屋顶被出卖了，原本无人发现的小洞都迅速曝光了。我不得不赶紧把我的桌子挪动几米，因为会议记录本，看起来就像是溅满了灰蒙蒙的血迹。这场雨如此生机勃勃，我不由放声大笑。汤姆站在我身旁看着，痛骂这场雨。他知道这可能让他大树下的居所一片狼藉。

我看向他。虽然他双眸低垂，几乎隐藏不见，然而两道绿光穿透眼皮而出。我不知道他有多伤心，但是我的确知道他很伤心。他一直以来都十分善良，我当时这么想着。他是个可靠、正派的人。他身上有善，是的，他有某种神性的东西。他只是我雇来打理房子的本地人，这是看待事物的一种角度。但是，汤姆·奎伊的体贴和忠诚让人着迷，虽然“体贴”和“忠诚”这样的词语通常暗示着奴性。他对我而言就像一剂良药。

“你知道吗，汤姆，等天气好转，大概几周后，我们可以去北边玩一趟。”

他转身面对我，迷惑不解。

“什么，少校？”他说。

“我们可以骑印第安摩托车去看看，你知道的，你的妻子，和两个孩子。”

显然他从没想过这种可能性。也许他压根就不喜欢这个主意。

“去提提克普，少校？”

“是的，或者你也可以自己骑摩托车去，如果你想要的话。”

“不，我——我觉得这是个好主意。”

“嗯，我们可以等到雨停，然后做个计划。等到雨都停的时候，我们会疯掉的，我敢肯定。我们会需要短途旅行之类的。除非你想一个人去，像我说的那样。”

“不，不，不要一个人，少校。”汤姆说。

“可以你开一段，我开一段。”我说。

汤姆仔仔细细地看着我，就像我之前看他那样。他的绿眼睛就那样盯着我。我开始感到一阵窘迫。然后，慢慢地，就像远方轰鸣的雷声，他开始大笑。他右手指向我，摆来摆去，确保我能理解这个笑话。我理解了。我和他大笑不止，在暴雨之下。

第十二章

不久后我回到家中。那时孩子出生已经好几周了。我走进门，发现曼在狭窄的走廊等我，一只手倚在酒红色的墙壁上。她身子微微朝一侧弯曲，我不得不拉过她才能将她拥入怀中。我担心怀孕生产让她变得虚弱。但是我能感受到她松了一大口气。她哭着，轻拍我胸膛。看起来是多么有爱的一刻。然后她带我进房看麦琪。世界上没有什么感受堪比看到你的第一个孩子，第一次。那就是你心中的黄金国[①]。

曼回到斯莱戈后大放异彩，据我母亲说，她走在红酒大道或是奥康奈尔街上，迈着坚定的步伐穿过哥拉顿桥，进出时髦的商店，在开罗咖啡店饮茶，咖啡店里有嘶嘶作响的锅炉声和轻声细语的女仆，斯莱戈的名媛贵妇们都围坐在桌旁，就像某处虚幻的水池里华丽的兽群——穿着她

①El Dorado，传说中南美的藏宝城。

在直布罗陀买的大衣，长尾猴在她肩上微微摇晃。现在我母亲说的全是关于曼的。她觉得她是个不可多得的人。

是的，妈妈将她视若珍宝。我想她是不是把对自己亲生母亲残留的想法投射到了曼身上，她从未提起的亲生母亲。对私生子身份的恐惧让她在自己的痛苦中缄口不言。但是也许在妈妈眼中她的母亲就和曼一样，高挑，给人感觉有些夸张，穿着精心挑选的皮草和裙子。当然了，每每看到她们一起走在街上，你就会忍不住觉得，正如我说过的，由于巨大的身高差，感觉就像是母亲和孩子。

但是我母亲绝不是个愚蠢的女人，她也发现了曼的其他信号。二十多年来，她一直在为精神病院里的女性缝补围裙和罩衫，她对女性的苦痛略知一二。她好几次看到曼在后面的卧室，沉溺于妈妈口中的“愁思”之中。

斯诺医生开了一些药——白色小药片，就像是缝在知更鸟的西装马甲上的纽扣。

四月，玛丽亚·谢里丹邀请我们去奥玛德看蜉蝣，我们没能如约前往。但是曼说我们下一年一定会去。她觉得带着孩子去力不从心，而且最近感觉自己“有点没精打采”。

几个月后，约翰街的客厅里，我坐在她身旁。我们的孩子在摇篮中熟睡着，我们没开灯也没点蜡烛，只有炉火散发着微弱的光，映衬出曼的容颜，而那炉火此刻也快燃尽了。屋外，天色已暗，细雨纷纷，层层的樟树之间，斯莱戈小镇万籁俱寂，深夜的时刻里只有最后几个归家的人，还有老基隆的马飞驰而过去往面包店。曼像只猫咪，一动不动。房间里安静得可以听到麦琪的呼吸声，这声音如此细微而有趣，连隐藏在黑暗之中的罪犯也会因为微笑而露出马脚。我父亲和乐队不知去往何处，我母亲善解人意地和她自己的母亲去了至圣救主会布道，或者我应该说她的养母，唐纳伦妈妈。镇上来了一位热情似火的年轻助理牧师，冈特神父，妈妈觉得他是耶稣转世。

那只狄安娜长尾猴坐在暖炉栅栏边上，和我们一样在安静沉思，妈妈的猫在一旁舔自己的细长的爪子。曼深思着，脸上没有笑意，但是即便在那一刻，我也能感受到她是开心的。

我正想着柯勒律治那首诗，诗中他形容自己就坐在这样的炉火旁，他的孩子在身旁的小床上熟睡，壁炉里的灰烬在微风中颤动，让他想起自己的境况，无人打扰，在1798年某个已经逝去的夜晚①。猫那深邃的绿眼睛中倒映出微弱的火光。猴子伸出瘦削的手臂，精准地剜下一只猫眼。曼惊恐地跳起身来，从她的白日梦中惊醒。

---

①柯勒律治于1798年写作的诗歌《午夜霜》（*Frost at Midnight*），描写了诗人自己的童年经历并表达了对他的儿子能在乡村中长大并成为一名真正的“自然之子”的盼望。

我妈妈回家后，我们只得向她坦白真相。曼为她沏了壶茶，将她安顿到床上睡下。

第二天，她打电话给都柏林动物园，他们表示很乐意接收狄安娜长尾猴。曼让我照料家里，便登上去都柏林的火车，让那小东西和它的同类在猴子馆团聚。

“有一只眼睛的猫总比没有猫好。”我母亲颇有哲理地说道。

斯诺医生定期上门来帮曼解决母乳问题，我母亲说这对她而言异常艰难。她奶水不足。原本我们从远菲尼斯克林请来一位奶妈，但是妈妈说她没有受过洗礼，又把她送回去了。

曼想见她哥哥杰克。他开着崭新的克鲁斯利双门跑车登场了，哪怕是在斯莱戈金属色的空气中也闪闪发光。当时我正从赌注登记人那里出来，走在约翰街上，就看到他从那辆惹眼的车上下来，像大主教般衣冠济济，神秘莫测。

“嗨，杰克·柯万！”我叫他道。

我引他穿过窄小的门进屋。杰克和妈妈点头致意，仿佛他并不知道她是谁，但是他一贯如此，让他费心相处的凡夫俗子迷惑不解。然后他沿着如棺材般拥挤的楼梯去到后面的卧室，杰克一进去，它仿佛突然变成了《爱丽丝梦游仙境》里那些古老的插画。他递给我一个眼神，显然是想和曼单独说话。毫无疑问，曼的心已经放晴，从她欢迎的微笑中就能看出来。

我在厨房洗涤室帮妈妈切晚饭用的羊肉。麦琪醒来了，妈妈用奇形怪状的瓶子给她喂奶。她裹在襁褓中，脚上穿的却是旋转弯曲的紫色旁普丁式皮鞋[①]——缩小的婴儿版，曼从一本巴黎杂志上看到后，在奥康奈尔街的约翰斯顿店特别定制的。

之后，杰克下楼了，曼跟在他身后。

"杰克，杰克，"曼说，"他要把哥拉顿街的房子给我们。你觉得怎么样？"

我惊讶极了。给我们哥拉顿街的房子！

"那可太大方了，"我对他说，"但是我们无以为报。"我当时有点头晕目眩。他想和我们要钱吗？他要卖给我们一个"友情价"？

"他要送给我们，"曼说。"天哪，杰克，"她说，是对她哥哥，不是我，"我再也不会不开心了，如果我能住在哥拉顿的房子里的话！"

"好吧，好吧，"杰克说，"你是在帮我忙，曼，帮我脱手，房子空置着，房子里需要住人。我定居在罗斯康芒。还有谁能比我自己的妹妹更合适呢？"

对杰克而言这已经是很长一段发言了。连曼也看着他，

---

①Pampooties，阿兰群岛特色样式的鞋。

仿佛他突然变成了埃德蒙·伯克[1]，在下议院里探讨某个想法。

写下这一段的时候，我看着门外的汤姆。我只能在他走来走去、砍柴、收拾的时候，隐隐看到他在做什么。天气酷热，他好像穿了一身汗做的衣服。外面的大雨毫不留情地倾泻而下。屋顶上方有几百个发狂的鼓手在敲打。这种激烈的噪音，嘈杂无序，但又怪异地平静。

汤姆·奎伊的“超棒”炖牛肉：炖锅上熔化一盎司的脂油，将一磅切好的牛肉放入锅中，至棕色。取出牛肉。炒胡萝卜、芜菁及洋葱，加入半品脱高汤。放入肉，盖锅盖，炖煮一小时。大功告成。

“这真是超棒。”他第一次端上这道菜的时候我说道。

“你想吃“超棒”吗，少校？”他现在如果在菜场上看到好牛肉的时候，可能会这样说。

我通常会把它捣碎和土豆混在一起。正是我所需要的东西。

如果你想知道

为什么老兵不会死，

①Edmund Burke（1729—1797），爱尔兰裔英国政治家、作家、演说家、政治理论家和哲学家。

入伍吧，入伍吧，

跟随鲍勃叔叔的脚步。

曼现在不会再提起去都柏林，在政界扬名了，她渐渐地会带着幽默的轻蔑谈论刚当选的人物了。但当时是失望和幻灭横行的时代。人们耗费巨大努力创造新的国家。它自然还是没有达到预期。特别是1932年，所谓的内战的失败者，德·瓦勒拉[1]当政时。

“爸爸是对的，”曼说，“我们本应该跟随以前的约翰·雷德蒙德，因为这些家伙并不是我们想象中的那样。”

但是无论是思想上还是其他的，她都不像我弟弟汤姆那样喜欢奥达菲将军[2]之类的人，她不喜欢他的做派。曼在戈尔韦有个朋友叫罗茜·范恩，是当铺老板范恩的女儿。每当汤姆模仿奥达菲，漫不经心地评论犹太人，曼就会生气。

“这太愚蠢了。”她会摇头说道。如果汤姆提醒曼说，柯林斯在世时奥达菲是他的得力干将，曼会嗤之以鼻。

---

①埃蒙·德·瓦勒拉（Éamon de Valera，1882—1975），爱尔兰共和国第一任总理和第三任总统。

②欧因·奥达菲（Eoin O’Duffy，1892—1944），法西斯爱尔兰民族主义政治家、军事指挥官和警察局长。

“现在柯林斯在的话一定会用马鞭抽他。”她说。

不知怎的，听她像以前那样说话让我很激动。现在我突然想到，如果当时大家都说“这太愚蠢了”，我们就不会有这场战争。

我自己，我发现作为工程师根本不可能找到好工作，所以我进入土地委员会担任助理检查员。我在英国外交部的工作经历在这里什么都不算，我只能从头开始。我买了一辆小巧的奥斯汀车，因为我的工作要求我辗转多尼戈尔、利特里姆和卡文，将古老的地方划分成可供使用的农场之类的地方。但是薪水微薄，难以为继。曼很开心能回到哥拉顿的家里，但是要维持这么一桩房产，价格昂贵。我们刚进去的时候，咸咸的空气里唯一没有腐朽的就是千军万马般的餐盘、刀具和茶碟，那是曼的母亲经年累月积攒下来的，是富有的家族成员过世后留下的遗赠。但是老旧的窗帘和地毯必须更换了，木蛀虫和老鼠军团常常在门边出没。

但是曼毫不在意，她将她母亲给她的一袋金币和她的防蚊靴以及其他从非洲带回来不用的工具一起放在橱柜里，将朋友都聚到身边，每个月为朋友做两三次饭，或者带着麦琪去她们家吃饭。奎尼·莫兰（等她从斯莱戈回来的时候）、罗茜·范恩——她用友谊方面的专长将这群坚强的女性聚集到自己身边。我从某个地方长途跋涉回到家里，站在玄关处，常常能听到里面传来女人的欢声笑语，不知怎的就会有点嫉妒她们。男人可能就不太擅长这种友谊。她拥有喜欢的房子，住在中意的城市。戈尔韦在她心目中的地位高于都柏林，虽然她很喜欢时不时去一趟，在斯威泽店里买最新款服装，在韦尔店里买手链和戒指，去电影院或者音乐厅，她最喜欢的酒店在基尔代尔大街上，而她总是住在同一个房间。说到中意，有多少“不中意包退换”的裙子、大衣和衬衫会从都柏林的百货商店来到她面前。数不胜数。

麦琪出生一年后，厄休拉也出生了。两年，两个孩子，这对曼来说很是艰难，别的暂且不论，这对土地委员会的低级员工来说相当昂贵。

尽管如此，曼大步走在萨希尔广场上的样子依旧是道风景线，来自凯里郡[①]的小女佣推着摇篮车，两只狗轻快地跑着。曼喜欢海风，越猛烈越好。麦琪拉着妈妈的手，她穿着巴黎样式的大衣，乌黑的头发在风中飘扬。曼一从杂志中看到要穿长裤的信号，就赶紧穿上，先是紧身骑马裤，后来是像睡衣一样宽松的款式，那似乎能让她扬帆起航。她有一套“泽西式”泳衣，乐意穿着它进入冰冷的水中，迎着波浪，游到遥远的海湾中。不管是穿长裤还是游到遥远的海中，在萨希尔村庄里都招来了流言蜚语。曼还有一个习惯，在街上碰到小孩乞讨，她就会往那只伸出的

---

①爱尔兰的一个郡，位于爱尔兰岛西南部。

手里塞六便士。正义的人们也会摇头反对。

她的另一项乐趣就是在网球场上大杀四方。比赛后她就会和我一一细数，每一发球，每一次胜利，晚上入睡时，我和她躺在她父亲豪华的旧床上，她会和我复盘整场比赛，演示一个向前或向后的击球，修长的手臂在旧锦缎被单和羽绒被上来回比画。

冬天这个房间格外冷，整个屋子都覆了一层冰，醒来时我们就像身上落了一场薄雪的北极探险家，得要祈祷和诅咒一阵子才能穿衣服起床。

那段时间另一大乐趣，和曼无关甚至是要对她保密的，是赛马。我在土地委员会来回赶路时，常常会溜去赛马场，在刮着风的多尼戈尔海滨有小型越野赛马，或者是更远处有大型赛马，如果都去不了，我就会去隐秘偏僻的戈尔韦赌场下赌注。

哦，斯莱戈赛马场，春天的暴雨中，多么令人沉迷。抑或是在夏日漫长的夜晚，爱尔兰最诗意的赛马场，凤凰公园[①]，值得你凌晨一路驱车回戈尔韦，穿过沉睡中的小城镇和村庄，有时因为出乎意料的胜利而备受鼓舞，雨刮器来回摆动就像是受折磨的节拍器。也许总的来说，输多于赢。输了很多、很多。的确，我最大的缺点就是花一整

①爱尔兰都柏林的一座城市公园，面积达707公顷，为欧洲最大的公园之一。

晚研究那些表格，然后带着令人赞赏的怯懦，支持那些该死的我最喜欢的马。但是，但是，凤凰公园，围墙四周是大树，到处都弥漫着阴谋的气息，精巧的木质建筑，精雕细琢的时钟，古怪的老情报贩子从不会离开吧台半步去观看比赛，赌注登记人们在包厢中，用奇怪的暗号叫嚣着手中的信息，马厩男童透露出驯马师们的秘密，让每一段对话都沾染上焦虑与激动的气息，夏日的风穿过树丛，人群咆哮着、咆哮着，恰似一曲人生的合唱。这一切都让我感到快乐，再长的距离也不算远。

这个时候，我弟弟汤姆已经和萝珊·克利尔在一起好几年了。

萝珊的父亲曾在旧警署工作，和我弟弟埃内亚斯一样，内战时期惹上了很多麻烦，据说已经惨遭新国民军[①]毒手。当然那得是在独立之后了，那时她父亲也不再隶属于皇家爱尔兰警队，因为他们早已被遣散。但是据说他曾以这样或那样的方式告密，试图巴结新党——告密当然是当时流行的。他重蹈了爱尔兰所有告密者的覆辙，惨遭毒手。这些都没能打消汤姆的念头。但是现在我们从非洲回来了，曼把他拉到一边向他解释，约会和订婚是完全不同的两件事，结婚又是另一番光景了。汤姆好脾气地接受了，无论

---

①1922年1月至1924年10月爱尔兰自由邦的军队。

如何，他没有反对，不，他完全被迷住了。

妈妈也不大喜欢她，不仅仅因为她是长老会的，还因为她说过斯莱戈每一个该死的男人都“不怀好意地”打量过她，而且她并不认为女人应该在乐队里弹钢琴。

尽管如此，汤姆还是娶了她。他们只好去都柏林秘密地结了婚。曼是她的伴娘。那应该是1934年，德·瓦勒拉上台已经好几年，汤姆的政治野心土崩瓦解。他接受了那个奥达菲的思想，你可以理解为爱尔兰的小墨索里尼[①]，但是他谁的话也不听，而且不知怎的与萝珊·克利尔结婚也被牵涉进了这一切之中，就好像长脚秧鸡总会时不时地被粗心的收割者捆进一捆谷穗中。

这就是那时的事情，事情就是这么发展的。

---

①墨索里尼，贝尼托·墨索里尼，法西斯主义的创始人。

第十三章

之后的某个下午，两个银行的人过来了。经理本人，陶西先生及其助理。

那是一个刮着风的夏日，东边风儿喧嚣。

陶西先生下巴下方甲状腺肿得很大，那改变了他的声音，他仿佛并非在说话，而是在唱歌，忧伤的素歌[①]。他看起来总是一副筋疲力尽的样子，据说他非常痴迷恩尼斯克朗的海藻浴。他身材瘦削，所以远看时，他穿着黑色西装，就像一条铅笔线。

曼比我更了解陶西先生，虽然最近他帮我借了一些贷款。房子自然是挂在我名下的，这是很好的抵押品，小额贷款很容易就批给我了。

凯里郡来的女佣将他们带到客厅，曼正流连于《时髦女郎》（*La Femme Chic*，去报刊店取杂志总是很尴尬，这

---

①素歌，也叫单声圣歌，是单声部自由节奏的曲调。

是特别订购的——“麦克纳尔蒂先生，您的法国杂志……”），而我正在看赛马报纸，准备再去趟某个遥远的赛马场。曼起身，看到他们似乎很开心，也许也有点惊讶。她让女仆上茶，但是陶西先生似乎并不口渴，他也没有询问他那看起来很不安的助手。我们再一次坐下来，互相致以微笑。

陶西先生盯着窗外白马般奔涌而来的海水看了一会儿，微微颔首，肿起的下巴有些许摆动。

“多好的房子啊，”他说，“我从房契上了解到你父亲六十年前买下了它，麦克纳尔蒂夫人。它属于你们家已经很久了。进来还能听到小孩的声音，真好。我知道这对你来说会异常艰难。”

我倒还好，这话打得曼措手不及。

“异常艰难？”她说。

有几封关于贷款的信，不止几封，我已经仔细研读过。我内心深处知道他为何而来。但是我惊恐万分，头晕目眩。我抓住椅子扶手，在我慌乱的脑海中，默默诉说着匆忙却发自真心的祈祷。为了能努力偿债，能让一切有序向前推进，我多么成功地忽略了这一可怕事件的可能性。这是一种天赋，我绝望地想着，一种天赋，现在为了偿还这种天赋，我迎来了这场审讯。

“抱歉，陶西先生，但是我完全不知道你在说什么。”曼用她讨人喜欢的戈尔韦口音说，带着一种独特的平和悦耳。

“我已经给麦克纳尔蒂先生写了好多信，他完全了解事情的进展。他贷款的时候就知道要偿还，也知道如果没有其他解决方式，你们最终总是要交出抵押的东西来偿还贷款的。”

我能从陶西先生说话的语气中听出来，他似乎把我们当成了小孩子而选择了把一切都解释清楚。曼不是小孩。她看着陶西先生，仿佛自己的体形扩大了十倍。我觉得在她的凝视之下，四面墙可能会破裂，会冲到狂风大作的海里。现在，要说窘迫已经不足以形容我的感受。我坐在那儿，无地自容，然后曼转身面对我，那美丽、光滑、双眼有神，而今隐忍着强烈情绪的脸庞。

“杰克?”她说，就只说了那一句。

“好吧，”我说，软弱战胜了我，“是有一些贷款，是真的。”

“麦克纳尔蒂先生，”陶西先生说，“我并非是想在您自己的客厅里反驳你，但是我今天登门拜访的目的就是要说明立刻售卖房子的必要性。您的负债已经达几百镑了。”

“杰克。”她又叫了一声，这次声音更轻了。

愧疚，万分的愧疚，此刻正侵袭着我。

“完全，”陶西先生开口道，他嗓音有些嘶哑，于是他又重复了这个词，“完全没有尝试，没有尝试还款，所以这幢房子现在全部归我们所有。我有责任处置它。我深感抱歉，麦克纳尔蒂夫人。”

然后他的助手第一次，也是最后一次开口：

“的确。”他说，似乎曼脸上显而易见的痛苦让他无法继续沉默，即便他的老板早已提点他在这种微妙的场合下要始终保持沉默。

曼说“呃”，转头望着海湾。“呃”，她又说了一声。有那么一瞬间，我以为她原谅我了，或者这件事实现了她的某个想法，某个她一直瞒着我的想法，可能是摆脱这幢房子……

“但是，”她说，“钱并不是问题。如果你要的只是钱……”然后她走到门边。“我有钱，陶西先生，你绝不知道的钱。你看，我们不会把所有东西都放在银行里。不会的。”她说着，笑了起来，“只要稍等片刻，我给你看。”

“你要去哪里，曼？”我说，双倍地、三倍地，惊恐。

“等着瞧，陶西先生。”她说完，便出去完成她的使命。我们继续坐着，陶西先生时不时点头，似乎是在继续和自己说话，他朝我略微一笑，我听见曼上楼梯，急匆匆走进我们的卧室。我听到她的高跟鞋——双色彩革的——踩在波斯地毯和抛过光的通往橱柜的地板上，我能够在脑海中一丝不差地描绘这幅场景，然后我听到门打开了，听到更模糊的声音，那是她在翻找那些摆放有序的非洲生活的碎片，自信满满地寻找，我猜测，那袋硬币。然后我听到，如果你能听到这样的声音，沉默、怀疑的裂缝、她脑袋嗡嗡作响，试图得出合理的结论，合理的解释，杰克最终还是把它们存进银行了吗？还是她存了但是记不清了？说起来，她已经五年没有朝这个小袋子里看过一眼了，不是吗？还是她把它放在房子的其他角落了？在哪里，在哪里？

答案无处可找，钱财无迹可寻，她只好折回，穿过美丽的地毯，沿着镶边的楼梯，穿过充斥着悲伤的玄关，回到阴郁的房间，她没有选择，只能带着碎了一半的心回来，但是很快又恢复了，然后她站在那儿，看着此刻愤怒的波涛，古老的窗玻璃隔绝了声音，和刚才一样，两个动作之间相隔漫长。我知道她想说话，但是似乎她连说一个字的力气都没有。而且也并不是真的想说，万一她说完之后会有答案呢？整整五分钟，她一言不发，就像跳水运动员在跳板的边沿上保持平衡，准备起跳、起跳，穿过清澈的空气，然后，由于没有其他事可做，她转头不再看海，用残存的力气，无论如何都是一种力气，再次看向我，微笑，灿烂的微笑，这是我爱她、追求她、娶她的原因之一，我是如此珍视这微笑，导致我情不自禁地也笑了。曼，站在那里——即便是此时此刻，身处非洲，写下这些，我也怀念着那一刻，即便我能感受到其中的恐怖。

“所有钱，杰克，所有钱。”她说。她的声音里还有爱意，就像八月还残存着暑气。但是也有冬天的荒凉。

哥拉顿的房子卖掉了。现在一切都已真相大白，就像纸终归包不住火，此时真相对于曼而言已经没什么用处，对我更是如此。是的，我偷偷造访过橱柜好几次，为了赛马的欠债，为了衣服店和帽子店的欠款，为了斯威泽店和韦尔店传来的账单，为这个，为那个，为另一个。每次去袋子那里都不会逗留太久，不愿过多地思考自己在做什么，每次都想着，"只是几个硬币而已，还剩好多呢"，直到那该死的一天，我手伸进去的时候，即便是古今中外世界上最不愿意发现什么的人，也会发现我拿出来的是最后一枚硬币。

"输掉"哥拉顿的房子，与之相关的愧疚依旧深刻、永恒，且可怕。但是在当时，我不知道我是否完全明白我到底做了什么。

回首过往，坐在阿克拉简易的木头房子里，显然当时应该向她敞开心扉，和她谈谈我们的生活方式，乞求她原谅这一切。但是我什么都没有做。

我用仅剩的钱付清了她在萨希尔的迪维利肉店和瑟诺特夫人百货店里的欠款，以及我在巴尔的酒吧账单，我没法对它们置之不理，房子挂到市场上，三次售卖给了陶西先生的朋友，于是我们开始上锁、存放、移动，或者不上锁、不存放、不移动，到斯莱戈的马格赫拉布伊的一个“小巧的房子”里，那是爸爸从他的朋友那儿弄来的，租金很低，不知为何，我告诉她时她双手拍大腿，到底是出于对我们新处境的厌恶，还是对斯莱戈的房子租金低廉的喜悦，我分辨不出，但多半不是后者。

因为，仿佛是麦克纳尔蒂家族婚姻里某种潜在的疾病般，她不再直接同我说话，就像妈妈对爸爸那样。如果我们现在在妈妈家里喝茶，这必将是一个复杂的夜晚。由于在这幢房子里曼没有年龄合适的通讯员，只有两个到处乱跑的小孩，要想完全实行间接对话的方案相当棘手，所以她有时候出于必要只好说些话，这时她会说得简短切题，就像长官下达的指令。

她还坚持要分房睡。

虽然这让我痛苦不已，但是我想从她的立场来看是正当的，现在狭窄的沙发是我的床，每天晚上睡在那儿，我都会祈祷时间能治愈一切伤痛这句话总有几分是对的。但是她的绝望、无助和愤怒令人惊恐，晚上我在斯莱戈镇上阴暗冰冷的酒吧里纵情于酒精，试图抹去脑海中那飘浮着的高挑纤瘦、面色苍白的灵魂，那是我现在的妻子。一天晚上，我喝得烂醉如泥，朝家里走去，我到处找哥拉顿街的房子，迷糊间以为那还是我们的家，遍寻斯莱戈的大街小巷，找一所在其他城市的房子。

然而，我也没有完全绝望。她依旧在我身边，我相信我们之间的情分终归会重新建立起来的。我毫无保留向汤姆倾诉，他点点头，如圣人般一言不发。

我在自己的家里也不得不躲藏起来，像杰西·詹姆斯[1]那样，诚心祈求谅解，如果不是来自曼的谅解，也是来自生活的秘密法官。祈求我们能在寻常的狂欢之中，再次找到牢固的立足点。

---

①Jesse James，美国强盗，是詹氏-杨格团伙最有名的成员。

第十四章

这是一幢简陋的小房子，确实如此。但是它容得下两个孩子，甚至足够让他们父母分居，而且它更适合我的实际收入。屋后是块荒地，长满杂草和蒲公英，风儿旋转着来到这块荒芜的土地，用冰冷的手指划过草地，向蒲公英的花朵询问时间。房子很新，是罗莎威尔[1]的建筑家造来投资用的，在康尼马拉[2]非常偏远的地方，所以屋顶上有石板滑落，或者下水管道破裂时也找不到人来处理。

第一个夏天的小幸运在于曼发现了直布罗陀，一个混凝土海水浴场，建在远菲尼斯克林海岸岩石嶙峋的边沿。与之相邻的是块大石头，它由此得名，天热的时候曼就去那里舒展身体，用她的毛巾、包和衣服堆砌成小王国，让麦琪坐在她脚边守卫着边境。厄休拉被送到奶奶家里了，

---

①位于爱尔兰戈尔韦郡的村庄。

②位于爱尔兰戈尔韦郡的一片文化区域。

我妈妈克服不便，费力地拖着巨大的婴儿车越过前门花岗岩台阶。其实曼以厄休拉修女会的圣厄休拉[①]给厄休拉起名字，这让妈妈很开心。我母亲是宗教团体的狂热爱好者，而且好多年前她就承诺要送我妹妹提茜去拿撒勒修女之家，并且在她十四岁时送她去了她们在滨海贝克斯希尔[②]的处所，现在提茜是托钵修女，出没于东萨塞克斯郡的山林和街头巷尾。

妈妈特别喜爱厄休拉，从她的起名就开始了。她提议让厄休拉将来也当修女，曼对此兴致寥寥，尽管曼本人也以她自己的方式和妈妈一样虔诚。

“不论是什么修道会，我想麦克纳尔蒂家有一个人去就够了。”曼说。

我母亲大笑起来。

“你是对的，曼，你是对的。”

麦琪现在在学校读小班，很爱说话，她的第一份工作就是当她妈妈和我之间的官方传话筒。

镇上有一群“游手好闲之徒”也常常去直布罗陀，他们从岩石边上纵身跃入大海，激起尖叫与波涛。某个夏日夜晚，她在厨房做菜，我能从她脸上凝结的盐晶看出来，她刚从一天的太阳浴和游泳之后回到家里，我问她是否介意和一群野蛮人共享她新发现的乐土。

---

①St Ursula，传说中的罗马-英国基督教圣徒，死于383年10月21日。

②位于英格兰东南部东萨塞克斯郡的海滨城市。

“告诉你父亲，相比于有他在身边，我更喜欢他们。”她和麦琪说。

“妈妈说……”麦琪说。

“好了，麦琪，”我说，“我知道了。”

同是那一年，后来有一天我收到她朋友奎尼·莫兰的信，信封里有张卡片，问能否私下和我在镇上见一面。这次交流并不寻常，因为除了她是曼的朋友之外，我和奎尼并没有太多交集。奎尼有时候会来马格赫拉布伊喝茶。这时麦琪就会穿上秀兰·邓波儿样式的衣服，乌黑的头发弄卷，曼还会把她放在客厅的桌子上让她唱歌，那个时候斯莱戈的许多小女孩都会被迫这样做。麦琪总会做得很好，踢踏舞、屈膝礼、唱歌：

我已扔掉我的玩具
还有我的鼓与火车

有好一会儿，我盯着奎尼的卡片，看着那娟秀的字迹。但是用词礼貌，我看不出其中有何恶意，我同意和她在里昂咖啡馆碰面，那个地方曼不常去。

那是周六上午，我穿戴整齐后出发了，尽管还因为宿醉头痛欲裂。我刮了胡子，和着少许白兰地吞下一个生鸡蛋，缓解我胃部的不适感。周六上午有点危险，因为曼的确喜欢和麦琪一起去逛商店，麦琪自己也很喜欢。这给了我信心，让我觉得曼在斯莱戈已经形成一套生活方式，这个她从戈尔韦流放而来的地方。斯莱戈的确有些东西，一些上好的缝纫用品店之类的，更不用说晚上的欢乐电影院了，那是另一个世界，是令人痴迷的梦境。曼还是会去看电影，就像其他凡世之人会去酒吧那样，沉迷在她自己的精神鸦片之中，时尚、长裙、灯光，弗雷德·阿斯泰尔[1]或者其他影星演唱浪漫的歌曲，戴上大礼帽，抖擞胳膊，大步向前。所以我时刻注意她没有出门，至少确保不去红酒大道附近。

奎尼在那儿，她选了一个比较隐蔽的位置，避开周六来宴请的斯莱戈主妇们。这个地方到处都是她们的声音，让我想起椋鸟的叫声。我走过去，她起身，伸出手，娴熟地摘下手套，和我握手。我感受到她的冰冷的手握住我的手，懒懒地想着，作为一名片区护士，她的血液循环一定很差，才会在这样一个空气中混杂着俄罗斯雪茄和阿夫顿甜烟味道、闷热潮湿的房间里，手还如此冰冷。

“杰克，”她说，“你能来见我真是太好了。真的。”

“啊，当然了，奎尼，我有什么理由不来呢？实话告诉你，我很少会收到女士的卡片，要和我在安静的地方碰面。”

我有预感，她觉得这句话很低俗，因为她脸上闪过一

①Fred Astaire（1899—1987），美国电影演员、舞者、舞台剧演员、编舞家、歌手。

丝退却，但是不管那是什么，我脱下外套扔到对面椅子上，让旁边桌子的女士一阵不安，仿佛那件外套是具死尸，然后她坐下，我也坐下。

“你要点什么吗，杰克?”她说，抬起白皙的左手，没有戴戒指。

“不用，不用，”我说，“不用，我不大舒服，你懂的。”

她抬起手放到头上，顺了顺她的红发。曼最好的朋友是位红发女士，而我也是一头红发，厄休拉也是，这可真够奇怪的。如果厄休拉也在这里，我们看起来就像个小小的三口之家。

“听着，杰克，”她说，“如果说有一件事情，是我父亲反复提醒我的，那就是永远不要插手别人的婚姻，永远不要以任何方式干涉一对夫妻，而且，你知道的，杰克，他是律师，每天都要和人的问题打交道。我希望你不要觉得我是在试图那样做!”

她说这些话的时候带着强调，仿佛她说这些话是为了幽默，但是它们让我害怕。

“其实，杰克，我很担心曼。”

“哦?”

“你确定你不要杯茶吗?你看起来的确有些憔悴，杰克。”

“不用，不用，我很好，奎尼，很好……曼怎么了，为什么让你困扰?”

“你知道吗，”她说，“让我困扰，这话不错。我很困扰，是的。去年她和我说了一些事情……我知道你们也有自己的难处……虽然我自然不知其细节，也没有问过她。但是。杰克，你知道吗，她知道自己怀厄休拉的时候，她来找我，流了很多眼泪。她坐公交车从戈尔韦来找我，痛哭流涕。她说她不能再生孩子了。她说——唉，一些不好的事情……”

“什么不好的事情？”我说，我想我还是先听完，我不可能感到更害怕了。

“她没有——你觉得……不，我在说什么……严格来说，你知道吗，我作为护士，杰克，我不是医生，但是你知道吗，她有时候很悲伤，我说这些有吓到你吗？”

“什么意思？”我说，不可否认，我突然有点生气。只是一点点。她想说什么，想说曼某些方面生病了吗？作为斯莱戈精神病院的孩子，我不想听到这个女人告诉我我妻子……

“你想说什么？”我说，语气有些冷酷，毋庸置疑。

“你觉得有没有可能曼精神上有些问题？”

“这个，”我说，“不，我不觉得，奎尼，我必须说我觉得你父亲的建议很明智，不要插手别人的生活，我必须要说，奎尼，必须。”

“我说得不对。我真是搞得一团糟。杰克，请原谅我。这一切都太沉重了，压在我的心上，她对我说了一些话，我在想她会不会也和你说过这些，或者和其他人，可能是可爱的玛丽亚·谢里丹，或者她哥哥，也是个很可爱的人……”

然后她不说话了。她遇到了我们试图帮助别人的时候都会遇到的问题，发现我们的帮助和我们要帮助的对象之间存在一道鸿沟。张着血盆大口，令人无助的沟壑。我突然很同情她。奎尼·莫兰，未婚姑娘，片区护士，戈尔韦律师之女，想要和她闺蜜的丈夫说一些糟糕的事情。

“你看，奎尼，”我说，“我很感谢你能写信给我。你心中有些顾虑。放心，曼很好。我的天哪，她不是一直很敢爱敢恨吗？是的，她是的。她有时候会说些狂野的话。她总是会把想法表达得淋漓尽致。但是奎尼你看，她是曼·麦克纳尔蒂，以前是曼·柯万，你人生中还遇到过更加……”

但是我想不出能形容她的词语。我意识到我此时很激动，一小股泪水像溪流般顺着脸颊流下，希望她会把这当成是因为宿醉。

“只是，杰克，”她说，语气有些无奈，仿佛已经决定最后还是打算违背她父亲的建议，“如果我什么都不说，之后发生什么不好的事情，我永远，永远都不能原谅我自己。”

现在我不说话了，我看着她。也许我动了动眉毛，因为她仿佛受到鼓励，又开口了，尽管我更希望她现在化成一股烟散去，那样我就会像朵玫瑰一样高兴，对我而言，她现在就像是不受欢迎的灯神。

“你知道吗，厄休拉出生的时候，她和我说她希望能杀死那个孩子，杀死，她就是这么说的，坐在开罗咖啡馆，就在几年前，因为天知道是怒气还是什么而嘶嘶作响，还说她想杀死那个孩子因为她长着一头红发。这很不可理喻，杰克。我提醒她我也有红头发。她坐在开罗咖啡馆，告诉我她没有什么母亲的本能，我听到这些很难受，因为，因为……因为我真的很喜欢那个孩子，所有认识她的人都很喜欢她……说这种话。甚至在厄休拉出生之前，天哪，杰克，她说她有机会要解决掉这件事，她要在泡热水澡的时候喝一瓶杜松子酒，她求我告诉她如何摆脱掉那个孩子，杰克，难道你感觉不到，这种对话的恐怖之处吗，还是和自己儿时的闺蜜?”

奎尼毫不掩饰地哭起来，我发现，不可能对哭的人生气。

“但是，奎尼，那些事情她一件也没做。”

“但是她试了，杰克，她试了，我知道她做了，她喝了一瓶杜松子酒，她泡了热水澡，她做了所有能做的，我知道的，我以前就应该告诉你的，我现在明白了我早就该那么做，因为厄休拉出生的时候，她还说了另一件事，她说，她对她们俩，一丁点儿，一丁点儿感觉也没有……”

“不，不，”我说，但是心里想着她是否趁我在土地委员会出差的时候，试着做了些不好的事情，“厄休拉出生的时候我们还住在哥拉顿的房子里，我们还——”我想说，住在同一间卧室，但是我自然没有说出口，“不论如何，她很喜欢麦琪，对厄休拉也很尽心尽力，哦，没错，”我说，“她是位好母亲，别在意她。”

“但是，杰克……”她说。

什么？我心想。然后是更长的沉默。旁边桌的女士们也异常安静，我担心她们也在听着这一切。她们可能认识我，她们可能认识曼。哦，奎尼，奎尼，我心想，这讨厌的真相你自己知道就好。如果你不说，我就不用想它，我会把它赶出我的脑海。

“她告诉我的，杰克，她做了，你知道……”

“什么？”我说，心如死灰。我知道她现在会把一切都说出来，但是我不想，原谅我吧老天，我不想让她说出来。迷雾蒙蒙总好过天朗气清。

“一些尝试。”奎尼说，似乎希望这一个词就足够了，她不用再说其他的了。

“一些尝试？”我说着，突然在这间闷热的房间里浑身颤抖，瞥了一眼隔壁桌，向她们投去一个短暂的微笑。不管你听到什么，别放心上，别放心上。

“是的，斯诺医生，你知道的。”

“什么，斯诺医生？”

“给她开了一些药，你知道的，她说，她说她有天晚上吃了很多，就在一个月前，就着杜松子酒吞下去的……”

“你看，奎尼，”我说，然后笑了，一直笑着，“曼从没喝过酒。她这一辈子一滴酒都没碰过。从来没有。”

奎尼看着我，完全不知道要和我说什么。我突然感觉非常愚蠢、无知、渺小。当然了，天知道，曼可能会抽鸦片，可能在她的卧室赤裸着跳舞，毕竟晚上九点到第二天一早我都见不到她。这就是那些日子的生活，而我在祈祷着未来会好一点。我祈祷着我们能和好，这是真正的夫妻会做的，是得体的普通人会做的，最终，时间会治愈一切伤口。

“她这一辈子都不曾碰过一滴酒。”我重复道，仿佛这是宗教教义。

“哦，杰克，哦，杰克。”她边说边哭。

我无法呼吸。

第十五章

我回到马格赫拉布伊，发现她还是和麦琪出去了，虽然我并没有在镇上看到她们。我上楼走进她的房间看了看。我觉得我不应该在那里翻来翻去，但是我想找到证据证明曼和奎尼说的只是想象出来的胡话，或者是奎尼疯了。

那个房间，和我预期的一样，井然有序。旧婚床铺得很仔细，是布里斯托尔的款式。她的时尚杂志整齐地堆在麻花腿茶几上，她的阅读眼镜安放在最上面。壁炉里扫得干干净净，一桶煤已经准备好。两枚铜版画，画像是她父母亲年轻的时候，镶好框放在壁炉两侧，她父亲看起来怒气冲冲却又睿智威严。地毯刚清扫过。她从哥拉顿的房子里取下来的窗帘改成了适合这里的小窗户的尺寸，窗帘上是红白色的法国乡村景色，窗帘被小心翼翼而庄重地拉上了。

我开始感觉十分悲伤。不是因为我觉得她的房间令人悲伤，而是因为它让我想起我们以前一起生活的时候有多幸福。这是个没有我的房间，虽然我现在就站在里面。我看了看衣柜，里面只挂着她的衣服，然而以前也挂着我的西装和马甲。我现在一点也不相信奎尼说的。我当时就该看到信号的，如此沉重、悲伤的信号——我本该知道的，我当然应该知道。她给孩子的全都是爱。也许她更喜欢麦琪，但是厄休拉也被照顾得很好——实际上是溺爱，两个人都是。

她梳妆台的抽屉里确实有几个药瓶。只有一瓶里有药片，日期是最近的。这是好事还是坏事？我原本以为，没错，这些药片只是帮她度过怀麦琪那段艰难的时光而已。毕竟，这些都是私密的事情——女人的烦恼，我妈妈会这样说。我没有权利在这里翻箱倒柜、编造理由。

最下面的抽屉放着她特殊时刻穿的丝绸灯笼短裤和文胸，还有一本《婚恋》（*Married Love*），当时许多斯莱戈女性都会在放短裤的抽屉里放一本。一只红色威尼斯平底玻璃杯用她母亲最好的茶巾包裹着，以前她父亲每周六都会用它喝一杯威士忌。放得整整齐齐，好像大炮的是两瓶杜松子酒，一瓶喝掉了四分之三，另一瓶还是满的。难道这些就是奎尼说的她吞下药片时用的吗，还是她怀厄休拉的时候——热水浴和杜松子酒？我不相信。我不相信这些真的发生过。我不能容忍她曾经想要杀死可怜的厄休拉，就因为她长着一头红发。荒谬至极！也许可怜的奎尼喝酒了，也许可怜的奎尼疯了。幻听、幻视。但是这是曼·麦克纳尔蒂的房间，干净整洁，即使有这些证据，我内心也知道真相，绝对的真相就是，曼这辈子没有沾过一滴酒。这是她传奇的一部分。在爱尔兰西海岸，哪怕是修女也会喝酒。但是曼不会，曼·柯万，不，当然不会。曼，显而易见很爱她的孩子，如果我和她之间有什么摩擦，最后肯定会重归于好的。曼，曼，我深爱的女人，她太骄傲、太美好了，她不屑于碰那该死的酒，她会把它留给我们这些人！哪怕她真的想在晚上喝几杯酒又何妨呢！还是一个人在卧室里，她完全有资格，这样做并没有什么坏处，没有，完全没有，但是可以肯定，事实就是曼·麦克纳尔蒂，娘家姓柯万，自出生以来从未、从未碰过一滴酒。所以也从来、绝对不会想要结束她的生命，或是她还未降生的孩子的生命，这不可能，一丝可能性都没有，不认同的都是可悲的骗子。

曼回家了，兴致勃勃，手里的包裹比以前少很多，只有一路上买来的一些打折货，她没怎么注意我，随意地将一些蔬菜放到厨房留着一会儿再清洗。然后她将麦琪带到客厅，让她坐到靠窗采光好的地方，因为她想用梳子梳一下她浓密的头发，除去头发里的虱子。她站在那里，光线如画，娴熟地梳着发丝，仔细寻找虱子卵，那一刻她看起来心满意足，无忧无虑，一点都不像会自杀或者谋杀别人的人。

等到麦琪又跑去野草丛生的院子里玩耍时，我整装待发。我的第一个障碍是她对我惯常的无视，我祈祷我们和好之后第一件消失的事情。因为这很痛苦，非常折磨人，有人可能会这样说。

“曼，”我说，“你介意我问你一个问题吗？”

我突然意识到，更有效的方式也许是把她五花大绑、严刑拷打，这样我找到答案的可能性更大。但是我必须要努力。面对她的沉默，我早已感到挫败，甚至在开始说话前就已如此。她在窗前检查梳子上那些可恶的虱子卵。

“我不想说话，杰克。”

“我知道，曼，但是我们已经很久没真正地说过话了——有一年了吗？”

“我真的不想说话，杰克。”

“曼，我想说，我对我的所作所为深感抱歉，我对一切都感到很抱歉，我是说，很抱歉让你这么悲伤，我完全理解你的感受，我知道你完全有理由生气，而且你一定还很生气，如果事情必须如此的话。但是我想知道我的道歉是否足够。我想过给你写封信，但是我们就住在自己家里，我只是想说清楚，因为我发现生活中有些事情并不总能说得清楚。我很抱歉，我真的很抱歉，更重要的是，我爱你，我尊重你，我只是想让你再次开心起来。”

我看到她检查梳子的动作一顿。我感觉西塞罗最终为客户写出辩护词的时候大概也是这样。几个月来，我第一次感到释然、轻松，我想是更像个男人了。算不上绅士，我知道，但是也是个男人。她看着梳子，紧闭的双唇慢慢张开。

“是吗，杰克?”然后她说。

“我可以把抱歉刻在额头上，这都不足以告诉你我有多抱歉。我为我的愚蠢而后悔，该死的愚蠢。说实话，我知道你不该原谅我，因为我觉得这整件事就是不可原谅的。”

现在她点了点头，我想不是为了表示同意或反对，只是代表她在思考。沉默持续了大约一分钟。又一分钟。又一分钟。

“我接受你的道歉。”她说。

“什么?”我说。

她转身，直视着我，我们之间相隔三米。相隔百里。

“我好孤单。”她说，仅此一句，她站在那里，手中拿着梳子，一动不动。我走上前，跨过小小的波斯地毯，用最快但不至于撞倒她的速度来到她身旁。我以为她要晕倒了。她的头低低垂下，双目紧闭，整个身子似乎也要倒下了，仿佛她一直用头顶着天，而有人刚刚为她支起柱子。我曾经看到建筑工人努力搭起桥架时，也是这样的反应。我双手环抱住她，如释重负，我都感觉我要哭了，她也环抱住我。我们就这样站了十五分钟，也许更久，互相抱着，有些可笑，也无比幸福。

1938年，三年后。这所房子的一砖一瓦似乎都浸泡在酒精中。似乎这所房子本身就在喝酒。其中有一些快乐的事情，至少开始的时候，至少某些夜晚刚开始的时候。由于我习惯在酒吧关门后带朋友们回家，所以凌晨时分前屋里可能会有好多人。他们歌唱着，特别是汤姆和他的乐队朋友们也在的时候，你会听到《利特里姆的小姑娘》，这是汤姆最常被要求演奏的，有时这些声音很悦耳，乔·伯恩斯吹奏单簧管时天花板上的石灰都移了位置。角落里曼的旧钢琴也不会闲着，好多人都会弹奏，而我则会期待着演唱《皮卡第的玫瑰》。

最终，许多夜晚之后，许多许多个月的夜晚之后，曼终于出现在屋子里，不知道喝了什么，她有些醉意，站不大稳，但衣着得体，心情愉快，她坐在钢琴旁开始弹奏《保持派对干净》，而我就尽力模仿英国口音演唱。

> 不要屈服于古老的诱惑
> 对简单的美德嗤之以鼻，
> 保持派对干净。

然后爸爸会演奏一组里尔舞曲和吉格舞曲，引得大家纷纷笨拙地起舞。但是汤姆一直以他的老式单人舞闻名，他站在柯万先生结实的餐桌上，不顾一切，踢踏起舞，双臂优美地固定在两侧，只有手指微微摆动，小腿旋转，鞋子砰砰作响，膝盖以下都看不清楚。

曼身上突然散发出奇怪而美好的喜悦，她年轻时的朋友喜欢她的理由也在于此。幸福洋溢，哪怕这种幸福是人们喝了酒之后才有的。但是拥有一切最好的东西的罗马人自己不是也说，没有它生活便无法忍受？我自然觉得我的生活缺了酒精也会如此，即便生活中难以忍受的那些东西，某种意义上也是由作为疗愈的酒精引起的。因为夜渐深，便会逐渐带来巨大的变化，不仅仅是曼，还有在场的所有人，就像孩子们最后总是要为他们的快乐付出代价。然后就是如月色般苍白的脸，和疲惫的身躯踉跄着走入马格赫拉布伊的黑夜中，还有含糊不清的嘟哝声和低语声中传来的道别词句。

等曼上楼时，我可能会看到麦琪和厄休拉从栏杆处探出头看我们，不是年幼的侍从凝望着成年人快活的生活，而是他们的黑暗面的见证者。我永远不会忘记我那费解的渴望，渴望跟着她，以及那澎湃的希望，希望她能在楼梯上转身呼唤我，但是没有，那很少见，基本不会——虽然我们和好了，但是几乎从未同床——而我会回到此刻空荡荡的房间，烟蒂和雪茄残留一地，倒下的瓶瓶罐罐像是许多小塔，我会在沙发上找到我的根据地。让现在的我感到不可思议的是，当时这一切之中有种满足感，哪怕早晨在恶心不适中醒来，也有种扭曲的愉悦感，似乎一个人能从被处决时意想不到的幽默感中找到慰藉。

第十六章

我试着出门但不在奥苏惹出乱子，而且长期待在家里感觉要崩溃，所以昨晚我独自驱车体验了瑞吉电影院。我说驱车，大多是在打滑和蹚水，但是我成功到达了。人们从日常生活中解脱出来，心情甚佳，其中有许多夫妻，虽然我孤身一人，而且从售票亭的窗上我飞快看了自己一眼，由于大雨和脸上的热意，我感觉自己就像甜菜根一样满脸通红，但是我并未感觉到大家异样的目光。观众里没有其他白人脸孔，电影是黄金海岸电影公司[①]制作的神秘史诗电影，也是二十世纪三十年代晚期的老电影，似乎是关于科罗拉多的牧场主的。我看得很开心，还吃了一盒当地的巧克力，它尝起来有童年的味道，真是特别。

①1948年由殖民地政府在阿克拉建立的电影制作公司，旨在教化当地民众。

大约是那个时候，我们收到消息说尼古拉斯·谢里丹过世了，想让我们去奥玛德参加葬礼。好吧，我们当然会去，但是这对曼而言有点困难。首先，这个悲伤的消息让曼伤心不已。当时我上楼去她的卧室告诉她这个消息，她穿着蓝色丝绸睡袍，堪比好莱坞明星，只是那睡袍比早先脏了一些，大腿和胸部位置沾上了油渍，那是过去几个月里她独自吃晚餐时沾上的，我能看出来，如果说她原本镇静自若的话，这则消息让她慌了神。她怔怔地盯着我，长哭一声，就像是乡村喜剧里老式的悲伤场景。

但是她现在必须努力回到之前的状态，可能有一年了，她不仅要换上最好的黑衣服，还要披上普通人应有的坚强的外衣，要知道什么是什么，知道参加深爱的朋友的葬礼需要什么。我认为曼并不觉得自己能胜任这项任务，但是她还是给自己洗了澡，让麦琪给自己梳了大概几百次头发，就像以前那样，仿佛她是要准备去商店里大战了。

孩子们送到了祖父母那里，我们开着勇往直前的奥斯汀向东出发，由于我的工作性质，这辆车几乎自己都认得去卡文的路了。有多少次我路过基尔纳莱克，最后决定还是不要冒险去看望尼古拉斯和玛丽亚，担心他们的智慧，也担心我的脸没法掩饰那些讨厌的真相。这似乎是一段很漫长、很漫长的旅途，一路上曼一言不发，这在小汽车里是件可怕的事情。并不是因为我感受到了她的敌意。我会时不时地看她一眼，而她凝视前方，却似乎并没有看向布满雨点的挡风玻璃外面，她的思维状态令我讶异。她似乎将自己叠了起来，叠得平平整整，好像是要存放起来的亚麻布。

“停车，杰克，就一会儿。”我们抵达奥玛德前门时，她说道。

从小到大，这个地方曾经给她带来多少快乐，她似乎需要几分钟让那快乐的回声触碰她。我知道她是想给自己打气，从里到外，找回她曾经的性格，那个坚定勇敢的年轻女子，单靠个性的魅力就能“迷倒所有人”。曾经这个女人的力量不知为何总能让我窘迫。她努力找回自己，这让我忧心忡忡、小心翼翼。

这天天气变幻莫测，时不时地就有风吹得车子左摇右摆。十五分钟过去了，半个小时。曼还坐着。

“天哪，”我最终开了口，“可怜的尼古拉斯。我很喜欢他的。”

“他也很喜欢你。”她说道，并无讽刺之意。

“真的吗?”

“是的，杰克。”她说。

我叹了口气，因为突然之间坐在车里成了一件开心事，和她说说话。哦，陌生的旧世界。回响着往昔的声音。轻松地聊天，就像人类。一个人，特别是和另一个人结婚的人，怀念这点也情有可原。然而，难过的事实是，曼看起来苍白瘦弱，病恹恹的，杜松子酒带来的胃部不适和怀孕现象出奇一致。我们几乎不同房，没错，我赖以生存的仅仅是对她身体的记忆——它曾让我沉醉，完全不需要酒精的帮助。正当我想着这些时，云团间出现了裂缝，一大束阳光打在我们前面的路上。老旧的铁门上油漆早已剥落，每根柱子上眼神冰冷的老鹰，道路两侧的草地一片衰败之景，不复往常，这一切突然呈现在我们面前，毫无保留，那一刻，关于奥玛德的某些事也被出卖了：它也在逐渐改变，让真正的自己变得遥不可及。已经好几年没有邀请我们来看蜉蝣的紧急电报了。不管谢里丹一家听说过什么关于我们在斯莱戈的情况，我想，考虑到乡村地区的天性，有千千万万口耳蓄势待发、传递秘闻，他们早已听说过我们的大部分消息，我也时不时地听到过他们的消息，例如尼古拉斯的病如何让他日渐虚弱，更别提所谓经济战争的恐怖了，像尼古拉斯这样的牧场主，没有人需要他们的牛肉，他们常常只得在田间杀死新生的小牛。

我身旁的曼开始大笑。可怕的笑声。她就坐在那里笑了好几分钟，我不敢问她在笑什么。

不一会儿，她吩咐我开车，我们沿着弯弯曲曲的道路去屋里。一小群精心打扮的农场工人，草坪上停着几辆黑色的汽车，六驾小马拉的马车，还有三两驾设计古老的高档马车，以及大群亲友，前门口的碎石路不复往日，无人打理，杂草丛生。我们刚到前门口的旋转圆环，就出来了六个人，身穿黑色西装，抬着棺木，玛丽亚紧随其后，她看起来更胖、更沉默了，也老了许多，仿佛我和曼上一次见她是二十年前，而不是十年前。曼急忙打开车门，跑到她身边，抱住这位矮小的女士，她那抹了厚厚一层粉的脸颊靠在玛丽亚的肩膀上，那肩膀本身也裹了一层白雪般的头皮屑，在有光泽的旧绸缎裙子上格外清晰明显。

一个月后，玛丽亚也过世了，奥玛德留给了一个侄子，他对这个地方毫无兴趣。这个侄子掀掉屋顶企图躲避房产税，使得尼古拉斯大片的土地荒废，讽刺的是，这之后正是土地委员会来划定土地。幸好这份工作没有落到我身上。

一切都不言自明，不言自明。

斯诺医生缠上了曼这棵摇摇欲坠的树，就像藤蔓一样——这就是我的理解。据说斯诺医生是登徒子。他引得一些女病患为他痴迷。可能我了解得并不透彻，但是我不相信他，他走进走出，照顾着她，同时也花了很多钱。不知道怎么回事，杜松子酒瓶也来了，当然不是通过斯诺医生，而是更加神秘的方式。我觉得是加夫尼趁天黑送到了后门。然后它们不知怎的就上了楼梯到了她的卧室。

斯诺医生快速的脚步每周在同一道楼梯上出现两次，令我费神。但是我一直告诉我自己，他们什么事也没有。也许事实就是他喜欢她、心疼她。

很快我就有理由感谢斯诺医生了，因为出乎曼的意料，也出乎我的意料，她再一次怀孕了。1938年末，也许是1939年初。曼以为自己胸腔感染了，也许是胸膜炎，因为她后背疼痛。等斯诺医生告诉她到底是什么让她难受，她一把跪了下来，震惊不已。

“我不能再有孩子了！”她说。

“这个嘛……”斯诺医生说。

我妈妈向曼道喜时，曼就只是盯着她。但是后来，她似乎渐渐接受了。她开始乐观看待。我们有时候会一起睡，当然了，这种情况依旧近乎奇迹。她说她要写信给圣灵抱怨。当然她没有和冈特神父或者我妈妈说。这是我们俩之间的玩笑话。

就在那一年，欧洲爆发战争。就像是幽灵怀孕了，需要斯诺医生倾尽全力才能帮她渡过难关。那是个美好的春天。两个孩子到街上玩耍，古老的游戏又焕发生机，这是儿童的天赋。

曼又爱上了和我四处闲逛，我不用为土地委员会长途跋涉、划分复杂而有争议的土地时，就会和她坐船去罗西斯角，她会挺着大肚子在海岸边走一走。她很健谈，哪怕是以前，我也不记得她会这副模样。每周两次的电影院之旅又虔诚地重启了。弗雷德·阿斯泰尔，她曾经的帝王和天神，又回到了她的对话中。她突然之间又焕发了生命，同时也在孕育着另一条生命，她的这次怀孕和前两次有所不同，仿佛这些年在房间里喝酒就是在为这段时间近乎神圣的清醒做漫长的准备。她都不是她自己了，也不是恢复了曾经的自己，这是一个崭新的自我。

吉卜林的故事很乐观，但有时候这是在黑暗的海域上乐观。如果有什么故事悲伤却不让人难受，那么我读书的时候会毫不掩饰地哭泣，我并不觉得这有什么羞耻的。然而我自己的故事却让我悲伤，让我难受，就在阿克拉这片天空之下。

我感觉不像我自己了，或者说，我的自我。“我不是我自己了。”我们会这样说，但是这是什么意思呢？直到我开始写下这一切之前，我都完全不明白这其中的含义。也许现在我觉得自己懂了，其实我的理解都是错误的，但是至少我知道了一些东西，一些原本对我是一片长久的迷雾的东西。没有亮光能够穿透的迷雾。其中有高山，有深渊，有险阻，但是这片迷雾绝口不提，迷雾只会不停诉说自己。它天生便不在意任何形式的清晰。但是，迷雾偶尔会散开，在微光中，我似乎能看到一些人，我的父母、曼、我的孩子们，或坐或站，诉说着、可以说是控诉着他们的人生。持续不停。但是我现在过得也不好，因为悲伤，强烈而伤痛的悲伤在我心中蔓延，就像低洼的草地上囤积的雨水，无处可去。伤痛。我想问问上帝，或者某位好心的天使，为什么曼·柯万会有这样的命运，世界上有这么多人，这么多女人，为什么只有她被赋予了这样的命运，明明她原本天资聪颖，前途光明。她年轻时是戈尔韦最璀璨夺目的女人之一，她仿佛能够做任何事、去任何地方、成为任何想成为的人。所以为什么如此惨淡的命运会落到她身上？这无法理解，除非上帝或者他手下的天使知道原因，当然了他闭口不言，他的天使也保持缄默。

毛线球的结打得死死的，无法解开，结越拉越紧。如今我看得更清楚了，但是这种启迪并不会带来幸福。它带来的是一种冰冷的确定性，我甚至会联想起战士的勇气，当像炮弹或者军队这种巨大的灾难降临到他身上，他发现自己并没有想象中那么害怕，而是意外的镇定，准备好了要英勇就义，视死如归。

因为，令我痛苦的是，她怀孕的时候，通常并不友好的斯莱戈郊区似乎也在帮她，诺克纳瑞尔山[①]上的雪被白色的石楠花取而代之，整个夏天，太阳在大地上洒下金色的光芒，斯莱戈每个孩子的脸都在海边晒得通红，她自己怪异的心中也映照出这怪异的天气，那段时间杜松子酒不再是她的神秘伙伴，不论如何，她再一次，或者甚至是第一次，将我看作她的丈夫和朋友，然而，这些努力，或者说这种灵魂想要恢复、想要从头开始的表现，就像孩子们会无知地再次创造出常见的古老游戏那样，面对的只有悲剧那不幸的手和冷酷的嘴脸。

①位于爱尔兰斯莱戈郡西部。

我们的孩子一出生便夭折了。没有喝酒的人不可能写下这些话，但是不管怎样我还是写下来了。我不知道能做什么。雨打在屋顶上，像在跳舞，穿着两百双带有钉子的靴子跳舞。科林，我们为他穿上婴儿服，将他埋在了斯莱戈墓园我父亲的那块墓地里。大地都开始变得不好铲了。掘墓人也预感等到寒冬腊月，若是有更多人死去，艰苦的工作在等着他。日子一天天变短。在我们遭遇的不幸面前，看起来人的一生中面临的残酷将多于喜悦，善良与安慰定量分配，而这两者的领取证却不是人人都能拿到。教堂钟声在下城响起，带着如梦如幻、压倒一切的意义。母亲站在那里，身边却没有孩子。父亲站在那里，身边却没有儿子。

麦琪和厄休拉也悲伤极了，我总是会给她们读睡前故事，一个接着一个，在她们的小房间里，现在我更加勤奋地想要抓住那些寻常的东西。按照我的经验，寻常的东西是最难抓住的。《蒂吉-温克尔太太的故事》[1]，莎莉正在找她的黄色长手套。露西走到城镇上方很高的地方，她甚至能把鹅卵石扔到烟囱里。顶针在瀑布下面，知更鸟的红色马甲在洗衣篮里。

但是科林死后不久，麦琪就将我驱逐出她的床。当你

---

①*The Tale of Mrs Tiggy-Winkle*，英国绘本故事彼得兔系列。

失去了这些小小的特权，你才会视它们若珍宝。所以现在我只能拿着书去找厄休拉。

让你痛哭的正是失去这些微不足道的事物。

我沉浸在失去科林的悲伤之中，无心顾及汤姆和萝珊。但是他们之间有些黑暗的争吵。萝珊行为不轨，在诺克纳瑞尔山顶与某个贱民见面。还有些其他的事。汤姆震惊又受伤，妈妈赶去帮他与萝珊解除关系，只能用这个词。妈妈的英雄冈特神父也提出可以帮忙，表示他可以在罗马帮他们取消婚约。可怜的萝珊被安置进了斯特兰希尔的旧铁皮房里，那是汤姆以前用来放他舞厅的东西的。好像她是把破椅子。我和冈特神父一起去找她解释。可怕的任务。但是她似乎并不明白，她似乎不能好好思考，完全不能。

黑暗的勾当。黑暗的时代，千真万确。

不久战火抵达，一下子吞噬了这些琐碎小事，大地裂开一道口子，一切都倾倒而下。

第十七章

我花了几个月时间努力处理各项事务。然后我就要参军了。我当时三十七岁，作为士兵年龄过大，但是军队需要工程师之类的人。我不知道为什么要参军，但是我也知道我会去。我的第一个想法是让曼和两个女儿搬离爱尔兰，因为大家都认为德军很快会入侵，好进一步进攻英格兰。或者丘吉尔会入侵，用这种方式把战事带给我们。德·瓦勒拉畏畏缩缩地想保持中立，这个想法注定很快就会落空。于是我四处打探，有人告诉我马耳他也许是个不错的选择，没有人会打马耳他的主意，而且那里的房子价格和斯莱戈鸡棚的价格差不多。于是我将马格赫拉布伊的房子挂到市场上，卖给了来自邦尼科伦[1]的一个小伙子，所幸曼似乎也同意去马耳他。我通过都柏林的中介在那里买了一幢房子。然后我们打包了所有能装在奥斯汀小汽车里的东西。

---

①位于爱尔兰梅奥郡北部的村庄。

孩子们在车里，兴奋不已，我又回去接曼，关上走廊的门。她站在走廊上，浑身颤抖。

“我不能走，杰克。”她说，“对不起。”

“但是曼，我们都收拾好了。”

她摇摇头，仿佛有无形的绳索将她绑在地上，她的脸上满是犹豫和不确定，我为她感到无比难过。她已经经历了地狱般的一切，那段旅程的记录还写在她的脸上。但是我也很生气，生气，我的老天。

我转卖了马耳他的房子，不管它长什么样子，我甚至都没看过它的照片，然后急忙在菲尼斯克林找了一处地方，港务长曾经的房子。所以我们没有辗转船只与陌生的路途，从斯莱戈开到马耳他，而是从斯莱戈到了斯莱戈，又在沿河的一所老石头房子里打开了我们的东西。

1940年，汤姆开车带着我的女儿们从斯莱戈来到巴利卡斯尔[①]，好让她们“看看爸爸最新的样子”。我们在海边一家旅馆见面。脏兮兮的窗户外面是拉斯林岛[②]，像一只在海上安睡的猎犬。我当时还未被指派任务，我的军事训练也即将结束。我离家已经七个月了。

“诶，杰克，”汤姆说，“你看你，这一身行头。”

“是呀。”我说。

---

①位于北爱尔兰安特里姆郡的沿海城市。

②安特里姆郡沿海岛屿，位于北爱尔兰北部。

“我想你应该知道，十年前你要是穿着这一身，会被枪毙的。”他笑着说。

“是呀。”我说。

“如果英国想要入侵爱尔兰，你可以告诉他们从贝尔科[①]入境。天哪，那里没有人会拦着我们的。”

“啊，是啊。”我说。

“还有，我让孩子们藏在后座了。”

“啊，好的，他们不会介意你过来的，汤姆。你和乐队在巴利卡斯尔演出还不够多吗？”

“天哪，当然够了，那是一段快乐的日子。”

然后我们坐下来喝茶，我给了麦琪几块钱，让她去买棒棒糖，如果说世界上还有这种东西的话，她带着妹妹去了码头。

“别掉到水里。”我说。

我们和大家一样，无意义地闲聊着，然后我们连闲聊的话题都没有了。

“你能带她们来这里真是太好了。”我说。

“她们太久没有见到爸爸了。”他说，我在内心里说了*啊哦*，这就开始了。

“不用我说，你走之后，麻烦不断。”他说完，似乎马上就住嘴了。

---

①位于北爱尔兰费尔马纳郡。

“什么麻烦，汤姆？”我说。

“诶，我觉得这用不着我说。你有没有可能回去看看她，你知道的？我是说曼。”

“诶，我现在还没法请假。”

“那就太遗憾了。”他说。

“是的。”我说。

“曼大多数时间都在床上，妈妈说她整天都在哭。”

我坐在那里，沉默片刻，腿往回缩了一点。

“萝珊怎么样了？”我说。

“有说起把她送到精神病院，你知道的。”

“天哪，怎么变得这么糟糕？你得问问。”

“诶，实话告诉你，我伤心极了。”

“太糟糕了，汤姆。”

“啊，天哪，”汤姆说，“婚姻啊。有没有人告诉过我们它会这么麻烦？”

“我不记得有人说过。”我说。

我感觉他想要走了。可能就是妈妈一定要他来的。但是不管怎样，他还是赶了那么远的路来了。把孩子们也偷偷带过了边境。

“希望孩子们没有掉进海里。”他说。

“这个嘛，你不是有两枚救生员勋章吗，汤姆？”我说，他的确有，其中一枚是因为几年前把萝珊从海里救起来。沉鱼落雁的年轻女性，自己差点沉在水里。斯特兰希尔的海滩。“伯爵红茶和死苍蝇面包。”以前她只是开罗咖啡馆的小女孩时，我会这样和她说。我快要遗忘了普通生活的样子。我快要遗忘了寻常的事物。曼以前也很喜欢伯爵红茶。那段快乐的日子。

“该死，我真的有。”他笑着说，“两枚该死的勋章。”耿直友善的汤姆，我心想，来巴利卡斯尔完成仁慈的使命，在世界大战的时候。

“回去的时候带她们去巨人堤[①],”我说，“她们一定会喜欢的。”

“好的，”汤姆说，“好的。好主意。”

上校听我说完我妻子的问题，大方地准许我请假。我既吃惊又担心。我不知道他从我脸上读出了多少。

“我们有足够的时间好好用你，麦克纳尔蒂。”他说。

在德里[②]，我匆忙回家的路上给她买了一条带有红宝石的手链——配得上军官的妻子，我心想。至少我有足够的意志力来瞧不起石榴石之类的宝石。我开车穿过边境到达多尼戈尔时还穿着制服，某种意义上，这违犯了最新颁发的法律：禁止在爱尔兰穿军装。我知道为什么德·瓦勒

①位于北爱尔兰贝尔法斯特西部，由总计约4万根六角形石柱组成的8公里的海岸，传说由巨人所建造。

②北爱尔兰的一个郡，位于北爱尔兰西北部。

拉想要保持中立，他害怕如果允许哪怕一艘英国军舰进入爱尔兰港口，这个地方会再次爆发内战，但是他禁止我展示我身为军人的骄傲，这一点我并不认同。其实，我过边境的时候几乎没有感觉到南北部边境线的存在，和汤姆说的一样。好像这两个地方达成了秘密的统一——那无比棘手的、费力的、名叫生活的秘密统一。

我买手链是因为我还爱她。这就是事实。不管我多么害怕我们在一起的生活，我的确很害怕，时常爆发的争吵，和伤痛，但我现在依旧无比渴望见到她。我希望她变了，也希望她一点儿没变。我希望同样的灰尘依旧落在海港口家里卧室的家具上，也希望一把新的、优雅而实用的扫帚能将一切扫净。

等我回到家里，我想我那奇怪的愿望可能已经实现了。她或者某个人已经将萧条的冬天扫地出门，五扇显眼的窗户也已洁净一新，窗户后面加沃格河湍急的水流熠熠生辉。河对岸的村庄排列整齐，像黑色钢笔画出的一条线。远处的汽车折射出微弱的光，投射在翻腾的水面上。货船行驶在两根深水区系船柱之间，闪着柔和的光，像块巨大的漂浮着的煤块。隔着马路，我看到小花园里肆意生长的野草、摇摇欲坠的拱形大门，突然之间我能看到我自己也在那里，在某个不确定的未来，穿着特意留下来的旧衣服，拿着铲子，翻起草皮，种下一排排土豆、胡萝卜和卷心菜。我犹豫着，怔怔望着这一切，过去、现在和未来交织在昏暗的光下，我的手搭在门栓上，钥匙插在锁扣里。幸福与恐惧向我袭来——战时的鸡尾酒。

里面看起来确实像是酒鬼那种零落的家，那么多物件、旧餐盘和汤匙，在无数的争吵和笨手笨脚、惊慌失措的混战中被打碎，目之所及只有少数东西还能够装饰这个家，仿佛很多东西都被小心打包进了箱子和盒子里，或者说，像我们这样，在过去几年里，她父亲遗留下来许多精美古老的物件，碎成片装进了垃圾箱。原本在她马格赫拉布伊的卧室的那幅她父亲的铜版像挂在大厅里，旁边是她母亲的画像，身穿维多利亚式纱裙，脸上是一贯的忧心忡忡和抵抗。

其他的一切都是本该有的样子。本该有，却很少见。波斯花纹地毯经久磨损，却是一副最近刚被打扫过的样子。有人清扫了地板和地毡，有人擦拭了门厅里摇摇晃晃的桌子——其中一只桌脚缺了个象牙转轮。现在我直面着客厅那扇敞开的大门，曼走了出来，穿着最好的丝绸裙，生机勃勃，发型精致。脸颊处还有点黄恹恹，但是她显然已经在梳妆台前坐了很久，梳妆打扮，挑选了最衬她肤色的口红。还有近段时间来最珍稀的，她在笑。

她径直向我走来，头靠在我穿着卡其布的胸口。我还没有放下我的行李箱，我多么希望我已经放下了行李箱，但又不想直接松手，或者告诉她我要放箱子，因为我想轻轻地抱住她——我想，如果我说了什么，或者做了什么，我就再也没法让她靠在我胸前了。

“哦，杰克！亲爱的杰克！”她说。

第十八章

这自然没有持续很久，不可能的。我想她当时以为我再也不会走了，以为我设法离开了军队，可能是在汤姆的要求之下，或者某些隐藏的条款被发现并引用了。我不得不提醒她战争结束之前我要一直参军，这可不好受。但是我说，战争可能不会持续很久，所以我可能很快就会回来，我们可以让一切重归原位。我说也许我可以留在军队，通常战争时期升职更快，也许战后我们可以驻扎在某个不错的地方，甚至可能是英格兰，那么她愿意的话可以找份老师的工作，她已婚的身份在那里不会成为障碍。显然，她花了很大力气才能在听的时候保持优雅。我想我现在可以看出来，正如奎尼所说，她精神状态不大好，非常不好。如果之前有所好转了，那么我们小儿子的死又让她变回老样子了。

那一晚，几杯杜松子酒过后，她带着醉意蒙眬的友善，低声对我说，她感觉不大好，非常不好，她说奎尼不理解她，杰克·柯万就像幽灵般从她的生活中消失不见，他来不了或者不想来找她。说她内心很恐惧，不可名状的恐惧。说它就像老鼠一样在她的血管里窜来窜去，剥夺了她所有平和与开心的可能性。说她的头，她的那颗头，昏昏沉沉，隐隐作痛，仿佛是一桶毒药。更多杜松子酒下肚，慢慢地、慢慢地，这全都成了我的错，夜深了，她用旧挂钟砸我的头，然后，手头没有其他东西，她扔了那只猫，我一直喝到头晕眼花，早上独自在客厅醒来，我走到走廊，发现厄休拉就在楼梯口，盯着她妈妈的身体，昨晚不知道什么时候，她倒在那里，既不是天堂的天使，也不是地下的魔鬼，只是一个人和饱受折磨的灵魂。

等我回到巴利卡斯尔，我才发现那条红宝石手链被忘在我内兜里了，所以只好，很凄惨地，将它邮寄回家。

院子外面，大雨奇异地暂时停歇的时候，会有不知名的蓝色小鸟歌唱，歌声甜美无比。我正盯着钱包里曼和孩子们的照片。我不在照片里，也许是因为正在拍照。从麦琪的身材看，那正是在这个时期，1940年初拍的，虽然她一直是个高挑的孩子。这样的话，我不在照片里就不是因为我在拍照，而是因为我参军在外。她们看起来气色都很好，曼本人也很健康苗条。虽然没有太阳，但她戴着墨镜，像位爵士音乐家。她严肃、面无笑意的表情并不能说明什么，但是她的衣服是精心挑选过的。不知怎的，这让我十分伤心，仿佛这张照片上的场景是想象出来的，尽管这分明就是真实发生的，我真是愚蠢极了。厄休拉穿着羊毛衫，似乎有些冷，头发是那种有虱子时呈现出的干枯状态。可能是我想象出来的，也可能并不是。两个孩子都会时不时有虱子。那是一个头虱的时代。

到此为止。想她不是件容易事。一点都不容易。十六七岁，我上大学之前，第一次世界大战刚刚结束，海里还会有水雷，我穿着帅气的白色制服，身为无线电军官，脸庞稚嫩，洋洋得意，我见过地球上所有港口，没错，我绕过合恩角十几次，见过它狂风暴雨的样子，也见过它风平浪静的样子，我见过邪恶的巢穴，也听过肮脏的对话，知道这个世界并不只有美好，虽然你年轻、第一次准备出发寻求财富的时候都希望这个世界只有美好。孟买和利物浦荒凉的街道，不在乎自己是死是活的人，他们会在自己坠入地狱时还快活地拿把刀刺你。但是，没有一件事情能像曼的命运那样打得我无力还手。我几天前写过这样的话，今天我又在写。我依旧不明白，真的，哪种语言能将它说明白，或者它描绘的到底是什么地方。阿拉伯人说一切早已写好，我们只是要完成书上的内容。曼得到的是怎样的黑暗，怎样的卑劣，怎样一本用最黑的墨涂写成的巨著。

而她只好这样生活，一日复一日，一段又一段，一章接一章。一想到这些，我的大脑就要枯萎，就像它现在畏缩回避，不愿意回忆起这些细节，还挣扎着想要找到光芒。

我接受委派后的第一项工作是协助英属非洲抵抗可能的法国入侵，我早已说过。在阿克拉，我所在的船只被鱼雷击沉后，他们送我和几百个被救起来的士兵就医。许多许多其他人在袭击中失踪或淹没在海里。令我惊讶的是，他们都说我“毫发未损”，但是我的身体上到处是擦伤，好像一张怪异的新世界地图，没受伤的皮肤代表着海洋，或红或紫的擦伤是未知的陆地和具有欺骗性的港口。病房护士长是一位瘦小的爱尔兰修女，她的心和撒哈拉沙漠一般广阔和温暖，她的非洲护士们开朗、美丽又机敏。她觉得是我喝的威士忌救了我。也许她是在开玩笑。我痊愈了，几个月后等我出院时，我发现自己被临时委派到黄金海岸军团的一个部队担任工程师。大家都还在想着维希法国可能会入侵，虽然概率越来越渺茫。潜藏的危险逐渐消失，真正的命运带着它的剧毒渐渐显现，没有人真正知道要发生什么，即便是最睿智的将军或政客也一无所知。

我坐大巴前往阿散蒂，感受着一路上每一道车辙，盯着窗外奇特宏伟的风景，可爱的远山上，最灵动的笔触勾画出温柔的绿，然后是狭窄的田地，孩子们沿着卡车边跑边叫，仿佛河里深色的石子在水流的冲刷下转来转去。我要前往一个名叫库马西[①]的古老城镇。我当时的军衔已经是中尉了，等我抵达军营，大家有些困惑，显然，那里已经有了一个和我的军衔和名字一样的人。

“长官，您早就已经在这儿了。”司务长说，他是个古铜色皮肤、短小精悍的人。他脸颊有道旧刀伤，好像巴西坚果上浅浅的痕迹。

“好吧，我实在是无话可说。”我说。

“炊事班长已经给您上过餐了，长官，就在昨晚，您看长官，食堂记录表上有记录。中尉约翰·查尔斯·麦克纳尔蒂。”

“那么你自己昨天也见过我了吗？”我说。

“是的长官，我能看出来，那不是您，长官。”

他当然在笑。不论如何，这可以说是奇迹和谜团，我很好奇，也有些糊涂。你一直以为自己是独一无二的存在，突然之间还有一个和你一样的人，这可没法让人冷静。

然后在军官宿舍有了一次奇怪的会面。床是金属制的，颇为狭窄，没有比普通士兵的好多少。民主的军营，你在国外的军队里时不时会碰到这样的。司务长带我去见了一位身材瘦长的人，他躺在床上，或者说至少三分之一躺在床上，剩下的部分还在地板上。我能看到他瞥了一眼我的帽子，想知道他该如何称呼我，但是我们确实是同样的头

①加纳阿散蒂地区的首府，是加纳的第二大城市。

衔。我发现他不是工兵部队的，他是坦克部队的。

他很友善，见到我也很开心。我们在营地逛了一会儿，然后去了指挥官办公室躲避酷热，只有那个地方有风扇。我们谈笑风生，他问我怎么会来库马西，兴致勃勃地问我鱼雷击穿船只的事情。我知道他知道我的名字，他也知道我知道他的名字，也许有那么一刻他试图想象他自己，中尉约翰·查尔斯·麦克纳尔蒂，在险象迭生的海里挣扎。我能看出来他是个有钱人，通过他的言谈我发现他也来自爱尔兰，后来又通过他的言谈发现他来自斯莱戈，在黄金海岸粗糙多石的暑气之下，我的头变得更加昏昏沉沉，心想怎么会这么巧。

我们继续交谈，他提到了他家，一所古老的房子，我认识那所房子，你坐车去恩尼斯克朗的时候能看到他家的花岗岩大门。我感觉血液离开了我的脸，空气抛弃了我的胸腔。有那么一刻，什么东西攫住了我，好像是突发心脏病，这种感觉可不想再体验第二次。真是荒唐的反应。小的时候，我当然很相信我爸爸的故事，就像基督徒相信圣经。等我长大一点，我告诉自己要相信它们，也表现得像是如此，但是其实内心满是怀疑、不确定、不相信。尤其不相信那个17世纪被逐出家门的兄弟的故事，上千个爱尔兰家庭都有类似的故事。但是现在，根据这个人所言，这个故事仿佛一点点得到了证实。我面前这个人是我父亲时常提到的奥利弗·麦克纳尔蒂一个兄弟的后代。是的，他说，这些都在族谱上有记载。他娓娓道来，用他从伊顿公学中学到的英格兰口音，语气友善，甚至有些怅然，而站在他面前的我，瞠目结舌，哑口无言。

我们在一张摇摇欲坠的小桌子前握手，桌上堆满了纸，我猜想纸上写着如果法国要入侵，就要计划炸毁那片区域所有桥梁。我也向他说了我那个版本的故事，仿佛我们是在某个特殊法庭上，必须要毫无保留地说出我们的身份，仿佛我们真的能在上帝或另一个人面前明白地说出我到底是谁，或者我想象中的自己到底是谁，另一位中尉约翰·查尔斯·麦克纳尔蒂听着我鲜为人知的故事，激动地点头，又紧紧握住我的手。我们俩看起来完全不像一家人，但是对于站在一边聆听的司务长来说，我们俩年龄相仿，住在同一个镇上，名字也一样，却从未见过面，这真是奇怪。但是司务长并不知道爱尔兰乡镇里天主教和新教徒的生活。

“是的，”他语气严肃，“我们知道我们的身份，你和我。”

那一晚，我们酣畅淋漓地喝着威士忌，忘却一切，星星，古老的故事，昆虫的电子乐，天旋地转的食堂，其他年轻军官。我们的故事溶入了酒精带来的快活的混沌，一定是有人把我们抬上了床，中尉约翰·查尔斯·麦克纳尔蒂和中尉约翰·查尔斯·麦克纳尔蒂。他第二天四点要外出执行任务，我听到他离开，从此再也没有见到他。

第十九章

休假。我记得的第一件事就是雪，鹅毛大雪，斯莱戈仿佛变成了一个巨大的厅堂，就为了展示雪的魅力与威严，而那屋顶太高太黑，看不分明，细小洁白的雪花完美无缺，模糊了墙壁，音乐声微乎其微，必须侧耳倾听。我乘坐一辆老式出租车，车子缓缓开在菲尼斯克林的一条路上，碰巧这条路就是我几年前为镇政会亲自设计并监工的，我弟弟汤姆也是镇政会一员。现在不知名的伟大造物主正悄悄挥洒着无数白色碎石，形成怪异又无用的表面，轮胎压过，好像被碾碎的白色昆虫，灯下只能看到白与明亮的黑，灯开开关关，山谷和树丛中没有雪花，露出几所我认识的房子，医生家的门在左边，大西洋的黑顺着潮头往上攀，和加沃格河的黑融为一体，如此之黑，仿佛一层又一层地印了上亿个字，讲述世界的故事涌上桥头，讲述世界的故事又落回牡蛎岛[1]和罗西斯角，读不懂，理不清，无法理解。老式的沃尔斯利车继续往上爬。我听到引擎的轰鸣声。我急切地想回家。是1940年中期吗？——很难那么准确，但是大概是在去非洲之后，伦敦之前。我当然是正在往港口的房子去，回家。它就在这条路的尽头，回望着斯莱戈，河流在此交汇，穿过码头的石墙和水中的系船柱，加沃格河，在我眼中它一直是如此强大、辽阔、深邃、黑暗的存在，当我们住在那里的时候，它似乎可以吞噬整个城镇，吞噬房屋，像块奇特的地毯般吞噬这片土地、模特学校、米德尔顿的田野，以及我那个拱门已摇摇欲坠的种土豆的院子。

最后，车慢悠悠地抵达我家门口，带圆柱的门廊和五扇漆黑的窗户，这次我看不清楚它是干净还是脏，目之所及，一盏灯都没有。我下车，离开那温暖的、嘎吱作响的破旧真皮座椅，轻轻关上门，给老麦科马克付了钱，穿着我的工程师靴子小心翼翼地走进家门。我打开自家的前门，进入漆黑一片的走廊，里面有棕色的油毯和老旧的桌子，我脱下外套，放在椅子上，把帽子挂在椅背。然后我沿着黑黢黢的走廊走了进去，心想大家都去哪里了，可能孩子们在楼上房间里睡觉。我听见屋子后面有声音，于是走过去，不得已地打开通向小花园的第二扇门。后面卧室的灯

---

①位于罗西斯角南面的岛屿。

光勉强照亮了雪花，一片白茫茫之中，我看到两个人。最清楚的是穿着黑色裙子的曼，在她脚边半躺半站着的，是我的女儿厄休拉的身影，我看了又看，发现她穿着睡衣，虚弱的小人儿，大概九岁十岁的样子，曼右手高高举起，又落下，举起，又落下，我走了半米，走进崭新的雪里，雪已经覆盖了我妻子和女儿的脚印，好像她们就是凭空出现在光秃秃的花园中央，我抬头看亮着灯的窗户，有东西吸引了我的双眼，我看到灯光中有另一个人站着，那是麦琪，一动不动地看着那黑暗的手臂举起又落下，举起又落下，手上紧紧握着鞭子，我也才刚看到，那鞭子仿佛版画上一根轻如羽毛的线，升起又落下，厄休拉很安静，安静得像块石头，而曼喘着气，喘气，我能听到，仿佛打得还不够，仿佛她还不够用力，一鞭鞭抽打着那孩子，在雪中，在斯莱戈，在那个黑夜，雪还在下，四周空空荡荡，除了那旁观的孩子，那被打的孩子，那疯狂的女人，和惊恐的父亲。

“曼，曼！”

我冲到雪中，抓住曼的手臂，让她停手。直到那一刻，我想她都不知道她身处何处，自己是谁。在昏暗的光线之下，她看着我。她一定忘了我要回家，她一定忘了很多事情。我一只手抱住厄休拉，掂了掂重量，只好将另一只手也用上。我在那里站了片刻，和我的女儿一起，就那样看着我的妻子。

“天哪，你在做什么，曼。”我说。

“杰克，杰克，是你吗？你从哪里冒出来的？”她说。

我将厄休拉抱进冰冷的房子，用床单将她围住，然后在客厅生起火，她坐在椅子上抽泣着。我揉了揉她的四肢，好让她暖和一点。我都要哭了。身处战乱之中，想要度过战争岁月是一回事，在这里，方寸大乱，无计可施，又是另一回事。

然后曼从花园里走进来，站在客厅里，一言不发，一动不动，看着我生火。

“曼，你有火柴吗？”我说。

“有，有，我有。”她说，然后急急忙忙地，大概跑去了厨房，拿上火柴，又跑了回来，像个护士那样忙乱而热切。

“这孩子吃过东西吗？”我说。

“她吃了炖菜，她吃了炖菜。”曼说。

“我现在让她在这里睡觉，然后我们去厨房谈一谈。”我说，“你不知道我明天就要走吗？我只有一天假。”

“只有一天，杰克？是的，是的，好吧。”

然后我们走进冰冷的厨房。显然，很久没有打扫过了。家里所有的盘子都在水池里，所有杯子，所有餐具。这个地方散发着变质的肉和牛奶的臭味。

“太恶心了，曼。下着大雪和厄休拉就那样在外面，你在干什么？”

“她太莽撞了，杰克，太莽撞了。”

“你对狗都不会这样。”

“不打不成器，杰克。”

“真的吗？那孩子穿着睡衣，在该死的下雪天？”

“你不在家，杰克。她们需要父亲。”

“我在外面打仗。在外面打仗。大家都在外面打仗。”

“你到底出去干吗？”她说，“爱尔兰没人关心这件事。”

“等你看到希特勒开着坦克到红酒大道，你就不会这样想了。”我说。

“该死的希特勒——他到底对你做了什么，杰克？”

“曼！”我说，现在是在大喊，因为我们的谈话转向了老话题，一切又都变成了我的过错。我有种巨大的危机感。我第二天就要走，我无法想象她再做今天这样的事。

“如果你再对厄休拉这样，我发誓，曼，我会亲手杀了你。”

“你要杀死自己的妻子？”

“我会的，曼，用我能想到的最有效的方式。”

“你早就把我杀死了，杰克。”

“这一套已经不管用了，曼。那是老一套了。现在我告诉你，你不准再碰那个孩子。在院子里用鞭子抽打她，这有多愚蠢！你还想上天堂吗，曼？天堂容不下这样的人。”

“你不是我的神父，杰克，你不是我的神父。”

“不是，我是你的丈夫，你可怜的丈夫。”

“但你是爱我的，杰克。”

这时候，她抬头直视着我。她的话中带着明显又狂热的自豪。太奇怪了。这一切都太奇怪了。

“什么事情都是有限度的，爱也是。除了对孩子的爱，这是没有限度的。但是对妻子的爱，也许现在我要思考一下。”

“你为什么要上战场，杰克？为什么你不能留下来？爱尔兰是中立国。希特勒到底对你做了什么？”

“你以前也常常会说希特勒，说他对犹太人的所作所为。”

然后她开始哭泣，哭泣。麦琪走过来，站在她妈妈双腿后。

“麦琪，乖乖，到这儿来，给爸爸亲一下。”我说，却没期待她会这样做。但是我想我只能说这些以前常说的话，有些事情是不会过时的。

但是她绕过妈妈身旁，越过冷战区来到我身边，亲了我一下。

“你有机会一定要给我回信。你有留下那些邮票吗？”

我走之前，把厄休拉送到我妈妈家里，让她照顾。我说我回家之前她会一直住在这里，或者直到战争结束。我母亲没有问我厄休拉身上那些鞭打的伤痕，但是她睿智地点了点头。我问她有没有听说埃内亚斯的消息，她说她收到过法国寄来的军人的明信片。然后我亲了她和厄休拉，说我必须得走了。

我又回到港口的家里，让曼尽力振作起来。我让她立刻戒酒。她郑重其事地保证会的。我说她必须要向厄休拉道歉，她必须要设法弥补。我能看出来她很害怕，不是因为那些可能会发生在她身上的事，而是那些已经发生的事。而我自己，我只是对她感到十分惊讶——难道那是酒精催生的恶魔吗？我不相信，她，她的心和灵魂，是一个恶毒的女人。为什么对某些人而言，喝酒是短期的精神贷款，而有些人就是沉重的灵魂抵押呢？为什么许多人喝完酒会变得开心快活，而有些人就会变得丧心病狂，没有一丝快乐，甚至会在雪中打自己的孩子呢？我那个时候无法回答这些问题，现在依旧不能。我冒着风险抱住她，告诉她我爱她。听到这话，她看起来很挫败。我再次启程奔赴战场，心情沉重又害怕。

第二十章

我受命来到英格兰，分配到了拆弹队。我不知道自己是否愿意待在拆弹队，也不大了解这意味着什么。

我完成了为期四天的课程。希特勒开始在伦敦投下数以千计的炸弹，其中有许多还未爆炸的。所以我们就要去拆除这些炸弹。要学会拆除这些危险的大家伙可是件棘手的事，一不小心就会把你炸到天堂。

我的工兵们会挖掘定位。未爆炸的炸弹一般都会在地下九米左右。它们还会根据土地情况改变方向，最后落在一个出乎你预料的地方。所以我的地质学知识就派上了用场。工兵们挖掘的时候，我会插下一个细长的针，希望能有金属相碰撞的感觉。然后我们就会胆战心惊地打开这个看起来阴沉沉的家伙，检查它是否正在倒计时或者压在自己的引信上。

我军营的工兵们，是一群可爱的男孩。帕特·米伦是个阿兰岛小伙子。

"长官，我没告诉家里人我在干什么。"他说，"他们以为上战场的是一群老山羊蛋。"

他会偷偷和我用盖尔语说这些事。山羊蛋，用爱尔兰语说就是Magalraí pocaide。

工兵们挖好洞之后，我要自己沿着梯子爬下去，移除那根引信，有时候不止一根。有时候，我满头大汗，这种时候我就会忘掉曼。我会忘掉一切，除了此刻我身下的炸弹。你在移除引信的时候通常会坐在炸弹上，因为那样的话，如果它爆炸了，你什么感觉都不会有。

它们很常见，他们会叫它们（15），这是德国人标在上面的数字。它们的飞行员必须知道这些数字，这样投放炸弹前才能准备好让它们引爆。后来我们开始发现有（17），这很是棘手，因为它的助爆药盒下面有诡雷，当你碰到它和对动作感应的（50）一起时，好吧，起初大家会说这就无计可施了，只能等到（50）坏掉，或者炸弹爆炸，但并非总是如此。然后，不管面前的是什么，可怜又无知的拆弹队只能全力以赴，恶魔紧随其后——恶魔有时会很乐意。如果一个人被炸飞了，你可能只能找到他留下的一磅血肉之躯，或者是一截手臂，抑或是一顶破碎的帽子——装进棺木的就是这些，剩下的重量用沙袋填补，这样亲属们就不会察觉了。我们对此一清二楚。

所以有时连曼都会从我的脑海中消失。然后她又会回来。我会想厄休拉和麦琪过得怎么样。然后我们又得出发做任务，乘坐拆弹部队的卡车颠簸在伦敦的大街小巷。

我们都见过糟糕的事情。我们都身处各种事情“糟糕”的那一边。我拆除炸弹，50千克，250，500，1000，还有那些巨型炸弹，降落伞炸弹，遍布各种不同的地形，伦敦东区、伦敦西区、布鲁姆斯伯里、道格斯岛[①]——四面八方。根据地形的不同，炸弹进入地表后会有各种不同的表现。

我们身上有些东西一直在萎缩，也有些东西一直在生长。关于将来的想法在萎缩。关于对别人天性的信任，主要是对英格兰居民天性的信任在增长。随着时间的流逝，拆弹部队士兵获得了肯定。酒吧里，如果他们看到你的炸弹徽章，就会免费送酒给你。你肩膀上那枚小小的炸弹，黄红相间，玛丽太后亲自设计。

因为你没法去思考未来。某种程度上这是当下的良药，应对现在的任何伤痛。这是种奇怪的方式，能让我在对曼和女儿们的思虑中得以存活。

身为军官，我被尊称为长官，但我们之间唯一的真正的差别就只有这个。只有军官要拆除炸弹，而工兵在完成挖掘工作之后，会退到墙后站着，这其中有种骑士精神。许多人被炸得体无完肤。的确是临时绅士。

我知道有些拆弹军官从没有告诉妻子自己在做什么。

---

①位于伦敦东部，泰晤士河泥沙堆积形成的半岛。

我从未告诉过曼我的职责。她自己那一摊子事就够她受的了。

希特勒仿佛终于厌烦了对英国人斩草除根——令人惊叹的英国人——他撤回所有部队，矛头直指俄国。

于是我被派去北非一小段时间，离当年我们的船停靠的地方不远，那是好多年之前，早在我和曼刚结婚的时候。

我正和我们小队的工程师们一起穿过一片破旧的地方。我估摸当时一定是1942年初。我们正设法尽快销毁自己的武器库存，这样等隆美尔抵达时就捞不到任何好处了。他的军队似乎就在不远处，所以我们非常紧张，时刻提防着。

一天晚上，我们抵达一片普通的沙漠。地图上并没有任何标记显示这里曾有过战斗。但是这里有英国与德国坦克留下的金属碎片，到处都是战死士兵的残骸，正在迅速地腐烂，有被火烧逼出了车甲后被杀死的，也有行进过程中战死的步兵。我站在那里，凝视着这场大约一两个月前的无名之战所留下的废墟。我分不清我们究竟是输还是赢，但是从死伤状况来看这似乎并不重要。全数殒命，他们的国籍已经不属于这个世界了。

我从车上爬下来，想看看能否找到我方士兵，我那些活着的战友们从卡车篷帐内看着我，沉默无言。随后我又爬回了篷帐里。

一只百灵鸟，形单影只、羽毛邋遢的小鸟，就在我面前冲出沙土，像是旧时我母亲手中闪闪发光的针，在天地之间缝出一道长长的线，喜悦充盈于我的内心。

我尽量常给麦琪和厄休拉写信。麦琪从未回过信，也许她的回信都遗失了，但是厄休拉的许多回信都到了我手中。信里总能提到她的爷爷奶奶，十分欢喜。她特别喜欢我爸爸。对曼，则只字未提。

不论如何，我接到下一份任命，调回到巴利卡斯尔，为前来训练的美国人担任联络员。

自然，巴利卡斯尔早已是爱尔兰舞蹈王国的一部分。但是它似乎还没有准备好迎接黑人士兵们。士兵们活力四射，巴利卡斯尔的女人们热情如火。寻常的爱尔兰男士只能顺从地站在一旁。他们排布在巴利卡斯尔海滨，点缀在一个个小小的岩石海湾上。他们裹着大衣，好奇地看着当地人跳进冰冷的海水。这非但没有在巴利卡斯尔当地人中引发丑闻，反倒使那些美国白人军官震惊不已、深受侮辱。他们家乡必然有种族隔离，但是巴利卡斯尔的人并不在乎这种事情。

“上尉，”其中一位美国中尉恳求我说，“我们必须做点什么。”

身为联络员，这话我听了许多。许多小册子被分发出去，你会看到它们被丢弃在水沟里，就像是无人问津的沙鲆鱼。

“我们必须做点什么，上尉。”

我想，有了他们的加入，我们获胜的可能性更大了。

我设法帮曼走出困境。我曾询问过军医，因为这在部队里也是个大问题，而他擅长解决戒酒以及其他问题。

“我应该看看我能否把她送去医院一段时间，”他说，“只要不喝酒，就会好很多。她可能会变得更理智。”

下一次休假的时候，我的内心充满了希望。

奇怪的是，我回去时曼的确在住院。但是因为她生病了，她的肺因为胸膜炎压在了脊椎上，我立刻就知道，她没有好好照顾自己。这并没什么好吃惊的，但是却令人伤心。妈妈现在除了厄休拉，还要照顾麦琪，给她们准备三餐，送她们去厄休拉修道院上学。

我询问斯诺医生喝酒的问题，他究竟能不能让她在医院戒酒，他看着我，仿佛我是傻子。

“她戒酒了，”他说，“我确信，你可以在爱尔兰的医院里干许多事，但就我所知，酗酒不在其列。”

“好吧，好的。”我说。

“她在家里快一周几乎不能动弹，你的女儿最后来找我了。我们该庆幸她没有死。”他说。

“太难了，”我说，“因为我在军队，你知道的。”

“是的，”他说，“我知道。听着，麦克纳尔蒂先生，既然你提到了她酗酒的问题，我注意到你自己也经常喝酒，这对她可没好处，特别是如果你想让她戒酒的话。”

“诶，我只是在社交场合喝酒，为了社交。”我说，虽然我自己也怀疑。我想我必须承认这是个谎言。斯诺医生没有戳穿，虽然我怀疑他本想这么做。

“我们现在最好别打扰她，”他说，“设法让她好转。然后再去想其他的事情。”

“当然了。”我说。

“你有几天假?”

“明晚我就要走了。”

“你在军队真忙。”他说。

第二十一章

我要去约克郡教授如何拆除炸弹。我当时纵酒过度，我想我的长官们一定会因为我的离开松一口气，尽管他们并没有直说。但是约克郡的营队很乐意见到我，因为文件上我是专家。我也的确*曾是*专家。

帕特·米伦碰巧也在那里。他受命来帮我做示范。我的学生是群意气风发的年轻军官。我们在一个巨大的旧谷仓里工作，可以不受约克郡天气的干扰。那橡木梁屋顶甚是好看，足以温暖工程师的心。谷仓空间很大，可以容纳各种炸弹、引信等装置，帕特找到一个大锅，用以展示如何用蒸汽排爆，还有各种最新的机关技巧，用机械的方式移除引信。

能在绝对安全的情况下工作，这可真是奇怪。

谷仓旁边辟出一个房间作为我们的食堂，下课休息的时候可以在那里喝上一两杯。

年轻军官们都很热情好学。我指导他们的时候能看到他们在认真地看我。

一天，我们用一整个下午示范降落伞炸弹的狡猾之处。这是个近三米长的恐惧之物，我们有一个中空的样品。引信是（17）和（50），我们正在示范模拟炸弹沉入水下的用处。这些炸弹起初是用作水雷，入水即爆炸，如若不然，就沉下几米后再爆炸。但是如果下沉得更深一点，引信就会熄灭，等到上方有船经过才准备爆炸。但是这些炸弹也开始被投放到城市里。所以一些聪明的人设计利用自行车喇叭里的橡皮囊、一根管子以及自行车打气筒，诀窍是让引信以为自己沉入了水下一定深度，让它自行熄灭。空气进入引信，模拟水压。问题在于，轻微的敲击就会触发计时器，据发现，引信十七秒之后就会引爆炸弹，中间根本没有时间，这就是我要教给这些军官学生的。

所以我们设计了个小游戏，让这些军官一个个尝试欺骗引信。我们用绳子将没有伤害性的水雷挂在椽子上模仿降落伞，因为这些炸弹在房屋之间降落时，常常会挂在烟囱之类的地方。军官们对这项任务十分激动，虽然我们内心都知道这是安全的，但是我们还是十分紧张，他们依次固定这些看起来颇为可笑的管子、打气筒和橡皮囊，听计时器停止的声音，在更可怕的寂静中听它重新开始计时的声音。前两个人做得很好，第三个人在计时器停止之后膝盖轻轻撞了一下炸弹，他听到计时器重新开始的声音了。然后我们四散着逃到谷仓的四面八方，就想看看一个人在十七秒之内能跑多远，然后，奇怪地，半信半疑，炸弹此刻真的会爆炸。

自然是无事发生，我们七个人站在谷仓边上，安静得奇怪，直到我开始笑了，其他人也才笑起来，声音比往常高一些，有种歇斯底里的感觉，膝盖撞到炸弹的那个人浑身颤抖，沉默地颤抖着，然后也笑起来，我们所有人都在大笑，好像一群傻瓜，但是是活着的傻瓜。

于是我宣布休息一会儿，心想这是去食堂喝一杯的好时机，然后我们可以回来继续尝试。我傻兮兮地对自己颇为满意，一如既往地想着我回家的时候可以和曼说这个故事，这可能会让她开心，也可能不会，也许还是什么都不要说，也许这才是最佳战略。我给自己点了两品脱啤酒，其他人只点了一品脱。

大家都喝完了啤酒，是时候回去了。

我们的驻地离英国皇家空军营地不远，我听见不远处飞机返回基地的声音。已经接近傍晚了，但天还亮着，所以我猜飞机是执行日常任务，在领土上空盘旋。年轻军官们集队穿过狭窄的木门返回谷仓里，我拿起我的第二杯酒，打算尽快喝完。我甚至有点庆幸他们没有在这里看着我，因为我内心深处觉得这有些贪杯了，这是倒霉的酒鬼的贪欲。凭借酒鬼那种奇怪的双重自我，我还是能够明白这种贪欲是不好的。此刻唯一的目击者只有友好的食堂执勤兵，蒂莫尼下士了。我还能隐约感觉到远处的飞机引擎声，或者应该说它越来越近了，与此同时，蒂莫尼下士看着我，我也看着他，我猜我们想的一样，一模一样，准确来说我们有一样的疑问，但是这多荒唐，大白天的，一万架德军的飞机中只有一架会在白天有所行动，但是当然了，赫尔[1]离这里并不远，亨伯河口[2]的那些工厂，也许这是一次单独飞行，也许某个德国“先生”偏离了航线，导航在英格兰上空失灵了，这绝对不是友好的引擎声。刹那之间，就在举起酒杯和送到嘴里之间，小心翼翼地抿一口，还有酒保那诧异的神情，一切就像浑浊的洪流般冲刷而过，随之而来的是更糟糕的声音，让我五脏六腑都发愁的声音。什么东西坠落时发出的悠长、哀伤、激动的呼啸声，自由落体，出奇地像一群人吵吵嚷嚷的声音，瞬息之后，同样的声音刺穿了木头，那无疑是雄伟壮丽的房梁，然后——我永远停在准备喝酒的姿态，下士永远停留在开口说话的姿态，永远，再也无法离开，无法抵达下一秒——一连串巨响，让人脑袋融化的炸药着火的声音，从弯弯曲曲的引信中，从狡诈的助爆药盒中，从骇人的ZUS空投炸弹中绽放，整个世界都被这双有力的大手紧紧攥着，谷仓、大地，远至天堂的天空，不是把东西拽到这里就是拽到那里，感觉就像是这样，但是爆炸的主要战场并不在我们这里，不

①赫尔河畔金斯顿，通常简称赫尔，位于英国约克郡的港口城市，在第二次世界大战中被严重破坏。

②位于北英格兰东海岸的一个大型潮汐河口。

是在下士和我这里，而是在隔壁房间我那群年轻军官和可爱的工兵那里。我深知会有强烈的光，紧随而来的轰隆声会比云团中的雷声更加猛烈，热浪侵袭他们的喉咙，热浪那双骇人的手臂，它的手指深入肺腑，企图将其从喉咙拽出，随之是爆炸这头最凶残庞大的猛兽，无边无际的烟雾和化作刀片与导弹的物体。后来发现，有一个人从爆炸的谷仓飞过十二米外的房顶，后来发现死在一块玉米地的边缘，而其他被困在这场凶恶爆炸中的人则尸骨无存，一丝一毫都找寻不见。当这一切按照它疯狂的顺序发生的时候，我看到，我也不知道是透过哪双眼睛，因为我不知道自己到底看不看得见，一个满身是火的生物“打开”那扇狭窄的木门，奇特地，怪异地，似乎是在往里张望，在屋子里站了片刻，像是鬼魂，像是人，人们只知道它带着一部死亡史，浑身赤红与橘黄，然后，窥视完我们之后，浑身的暴戾已经侵入我们的房间之后，它又退散了，仿佛又去和它在谷仓的那些谋杀犯同伙会合，然后整个世界，从巴塔哥尼亚[①]（我知道这个地方）到天涯海角的最边缘，从火之王国到冰之王国，耸耸肩，奋力一耸，轻而易举地、无边无际地，我感受到那双可怕的手四处乱抓试图找到我的肺部，但是笨拙地，伤痛地，在某种爆炸的肮脏的变化之中，看到下士仿佛变成一块涂在墙上的红色黄油，然后这

①一般是指南美洲安第斯山脉以东、科罗拉多河以南的地区，主要位于阿根廷境内，小部分属于智利。

个支离破碎的、终结的世界再次进入寂静的状态，一片飞扬的尘土，在我身边肆虐，慢慢地，慢慢地。大约十分钟后，我知道我的军官们死了，我的工兵死状惨烈，下士死状凄凉，在所有那一切之前我站在那里，四周灰尘落下，好像无数窗帘，仿佛一切都未曾改变，又仿佛一切都变了，而我是身处两个可能世界的不知所措的公民。然后食堂的整面后墙轰然倒下，怪异的光线瞬间如水流般涌入，我耳际一片咆哮，那咆哮声好像是斯莱戈海边最肆虐的风暴，然后奇怪地，奇怪地，我眼前出现了那杯酒，此刻仿佛飘浮着、独立于世，如此原始、崭新、整洁，没有一滴洒出，没有丝毫受损，稳稳当当地在我手中，干干净净，那一品脱等待入口的啤酒。

我整晚都在想着帕特·米伦。我在蚊帐里翻来覆去，半睡半醒的时候他就会出现在梦里，欢声笑语，依旧是那口戈尔韦英语和阿兰岛爱尔兰语。离奇、不安，但却并不排斥，我并非不想梦到他。昔日的同志们在那些还在世的战友心中过着奇特的来生。他是那种普通的小伙子，但也有不普通的一面，当德军的梅塞施米特战斗机投下炸弹，他和他的战友们也融入到太空之中，好像一群闪闪发光的天使，同时，那战斗机也抹去了人类这个物种中一个耀眼的存在。

他的棺木里装的基本都是沙袋。

又一次休假，我兴高采烈，因为弟弟汤姆刚当选了斯莱戈镇长。

我和汤姆出去喝了一杯。不知怎的，看他处于事业“鼎盛期”，我十分开心。汤姆人很随和，和这样的人相处绝非难事，当他还是你的弟弟时，你就更加自豪了。保密起见，我们去了一个不常去的小酒吧。点上一杯威士忌，就那样坐在凳子上，看着布满灰尘的架子上为了招揽顾客排列着脏兮兮的健力士黑啤酒瓶，真是身心愉悦。外面投来夏末傍晚的最后一道光——虽然这道光被阻断了，你可以想象，光线无法进入这个漆黑肮脏的洞穴，那里费瑞特老先生正弯腰站在收银机旁。

“我前两天和朱诺·林奇聊天。”汤姆说。

“就是这个混蛋给埃内亚斯判了死刑。”

“额，是的，”汤姆说，“的确。但是你知道吗，他现在是镇里的议员。”

“什么，在你的班子里？”我说。

“他是个很好的组织者。”

“当然了。”我说。

“不论如何，”汤姆说，“他来找我，朱诺他真的来了，然后他靠过来和我说：‘我们希望德军获胜。’他就说了这么一句，然后眨了眨眼。德军获胜——好像就是一场该死的足球比赛。然后他说，‘我猜你现在也不知道自己希望谁获胜。’‘你这是什么意思?’我说，‘如果你是指杰克，我们都希望他能平安归来，这是肯定的。’‘不是，’朱诺说，‘我不是在说杰克，我是说埃内亚斯。我听说他现在在英国军队。’‘嗯，是的，’我说，‘有一半人去了英国军队。埃内亚斯只是想尽自己的一份力，这是肯定的。’‘他早就已经为英国尽过力了，真是该死。’朱诺说。很奇怪，朱诺总是能把粗鲁的事情说得很幽默，所以就不会让人觉得无礼。这次对话开始让我感觉不大舒服，所以我想设法绕过去。‘皇家爱尔兰警队就是一群混蛋，汤姆，混蛋。’他说，语气带着他那种奇怪的激动。我能看出来他有点后悔自己说了脏话。‘但是我们对杰克没有意见，’他说，仿佛是为了缓和气氛，‘大家都很喜欢杰克。’‘这是什么意思?’我说。‘杰克没做什么坏事。’他说，仿佛这是圣经里的话。然后我说，非常感兴趣，你知道的，因为我一直想知道像朱诺·林奇这样的人是怎么看你参军这件事的。‘当然了，’我说，‘杰克参军只是为了他妻子买得起衣服。’‘哦没错，我们知道的。’朱诺说。然后他就走了。”

“他是个混蛋。”我又说了一次。

“他在内战时非常勇猛。”汤姆说，带着出乎我意料的尊敬。

尽管我们想要保密，但是汤姆的一些狐朋狗友走了进来。可能他早就和他们说过晚点过来，只是我不知道。我只认识其中一个，麦卡锡，滚球冠军，他的父亲曾经是独立战争的司令官。他的头仿佛沼泽地上的一座小山顶，汗流得像小溪。

他们像往常一样谈天说地，欢声笑语，但是我发现，整个晚上，他们绝口不提战争。我听着他们熟悉的话题，土地、集市、贸易、地方丑闻——除了战争。当然了，他们也没有听说许多战争的消息，广播闭口不提，报纸也是。他们对它的了解和孩子对它的了解不相上下。身处其中有些奇怪，汤姆和他们一起大笑，谈话的内容又多了一些他自己的成绩。斯莱戈所发生的一切是最重要的，哪怕有一万个人被冰霜和鲜血困在俄国土地上，也毫无意义。战争只是一个词语。我从这个词中来，很快就要回到这个词里去。

杰克·柯万曾将曼带去罗斯康芒，让她和他以及他的新婚妻子一起将养身体。她又住进了港口的房子，麦琪也回到了她身边，她心情颇好。她和我谈笑，我几乎快忘了这样的她。突然之间，她变得支持战争。

“我们俩之间有人能做点什么，这太好了。”她说。

她给我们做了拿手的牧羊人派，厨房洁净如新。和她在一起真是莫大的安慰。因为胸膜炎，她还有些虚弱，但是脸上气色有所恢复，虽然她还在喝杜松子酒，但是好像并没有酗酒。我想告诉她，我打算送她去医院戒酒，但是我又想她眼下已经受够了医院，而且不管怎么说，一切都在好转，周六早上我还在家，她和麦琪一起去镇上买新裙子了。她给麦琪买了一件俄国大衣，看上去真像个小将军。

我薪水不错，所以她能买得起一些奢侈品。镇上的境况不好，因为许多人都去英格兰的军需工厂工作了，越来越多的东西变得紧缺，许多小生意都倒闭了。几乎没人了解战争，但是战争的影响却真真切切。仿佛他们生活在爆炸的遥远的边缘，太远了，连爆炸的光都看不到。这里没有毁灭，人类活动没有销声匿迹，城市没有被踏平，没有成千上万流离失所的人，不像欧洲和其他地方那样。当我想到新加坡的惨剧……这里是另一种不幸，微不可察，只是顺带提起，我想如果希特勒进攻斯莱戈，所有人都会震惊、后悔、害怕。即便我可能会对自己家乡的这种无知感到愤怒，但这也有种相反的效果。其中不乏心酸之处。我了解得更多，所以我感到自己要对他们的安危负责。不知为何，这种中立的立场也会产生爱。

之后，我去妈妈那里看厄休拉，给她带去小礼物。这个孩子不管得到什么，都会给予郑重的回报，那就是亲吻。总之，她是个关爱别人的、勇敢的孩子。我这次离开她时，不再那么觉得像是在战场上抛弃我的士兵了。一切都在变好，上帝又对我们展开了笑颜。

第二十二章

我不知道今天自己和汤姆·奎伊着了什么魔，会疯了一样花一个小时唱以前的军歌，《将所有烦恼装进你的旧工具袋》《蒂珀雷里》《你的球挂得低吗?》，还有好几首其他歌曲。奇怪，一战时期的歌竟然也那么适合二战时期，明明两场战争并不相同。汤姆唱得丝毫不逊于约翰·麦科马克，也许我会这样想只是因为在这片荒野中除了我自己呱呱乱唱之外，其他并没有什么可以比较的。

我开车行驶在伊什库曼山口[①]附近道路最差的地段。周围全都是不同地质地貌，我不止一次想，地壳不过是生命的坟墓。我开着威利斯牌吉普车行驶在普什图人[②]的领

---

①位于巴基斯坦东北部。

②居于中亚、南亚的一个民族，伊朗人的一个分支，为阿富汗第一大民族和巴基斯坦第二大民族。

地内。现在是1945年初，战乱依旧横行，但是这里只有一片寂静与荒芜。俄国军队越过各个关口前往印度的威胁早已消退。日军还在缅甸，我们之间横亘着整个印度大陆，那个汤姆·奎伊再熟悉不过的噩梦。军队驻扎在西北边境[①]，因为哪怕没有入侵威胁的地方也必须有人驻守。我正在读《抗敌英雄》，尽量远离是非。我正往一个更加偏远的山隘口开去，因为我听说有一段道路坍塌，落入峡谷，我得去看看该做点什么。去那儿要开一天的车，鉴于我并没有勤务兵或者同伴，我打算独自在漆黑的山里支一顶帐篷，我很是期待，因为没有人会打扰我。几公里之前，我路过普什图村庄，买了些诱人的桑葚酒。它就装在陶壶里，放在我旁边的副驾驶座上，挤在书、双筒望远镜和我的来复枪套中间。这里气候干燥，我开车疾驰，身后扬起漫天灰尘，还能时不时畅饮一口，真乃乐事也。

一个小时以来，我一个人影都没瞧见，我心满意足地执行着任务，自在地享受着这如画般荒凉的风景，和红酒带来的蒙眬感。我哼着《开罗灯火阑珊时》的调子，我对这首歌很熟悉，因为这是萝珊在舞会上会演奏的特别曲目之一。我又想起她那超凡脱俗的美和她如今的困境。冈特神父秉持公正，宣判她的罪行，抹黑她的名声。可怜的汤姆。他对萝珊的悲伤是无法掩饰的。我猜，她此刻正在斯

---

①位于英属印度的一个省，现在属于巴基斯坦。

特兰希尔，可能睡着，也可能醒着，在吹风或是晒太阳，虽然我现在正行驶在兴都库什山[1]这片陌生的荒野之中。斯莱戈看起来是那么遥远，但是斯莱戈所有生者与逝者，那些我曾熟悉的人，又是那么近。

想着这些，我清楚地记得我那时正要靠近一个岩石的转角，那座山有一块巨大的花岗闪长岩突起，就高耸在路的上方，路将岩石劈成两半，留下足够的空间让一辆小型卡车通过，其实我在许多地方都造过这样的路，将我那不为人知的签名留在这些简陋的作品上。我拐过转角，突然发现了那个我要探查的断层，那块坍塌的路段。它早已消失不见，只有一段长长的页岩形成的滑坡，伸向沟壑之中，我完全可以确认这一事实，因为我坐在吉普车里直接掉了下去，车子突然左拐，一瞬之间，我只来得及咒骂那些好士兵，发现了这个地方却没有留下任何临时标志提醒那些粗心的，或者像我这样醉醺醺的人，然后我就朝更低的山谷落了下去。一开始，我沿着碎石飞速向下，目击者无疑只有两边岩石中无数白垩纪时期的珊瑚和早已钙化的双壳类软体动物，远古海床的居民，吉普车就像是游乐园里狂野的过山车，发出不合时宜的尖叫，我这么想着，虽然我心中惊惧万分，我的脚依旧猛踩刹车，仿佛这有什么用似的，然后我穿过灌木丛和某些受海拔影响的不知名的小树，

①位于中亚，东西向横贯阿富汗。

吉普车没头没脑地往前冲，仿佛在收割庄稼，大约前进了一百米之后，我已经准备好迎接上帝，因为我突然生出一个想法：前面可能是悬崖，我隐约记得这是某次粗心的勘察时发现的。然而，我甚至没来得及感到害怕，吉普车就突然偏向一边，开始不停翻滚而下，边滚边撞，引擎轰鸣，车轮怒吼，这大概是因为我努力不让自己飞出车外，同时还踩着油门，我不知道自己怎么做到在车里坚持了那么久，我没有系安全带，只有钢筋和帆布车顶保证我不飞出去，也许我就在车里翻来倒去，一定是这样的，就像旋涡里的垃圾，然后，砰，砰，一切戛然而止，恶心，一定是遇到了什么比碎石或灌木丛更加强大的东西，不管是什么，它赢了，让我们停了下来，我和吉普车，残存的那些，惨不忍睹，彻彻底底。我不确定我当时是否还有意识，但是我好像还记得从吉普车中朝天空飞出去的场景，奇怪，那么长时间里，在西北边境蔚蓝干燥的空气中，我划出一道粗暴的、算不上优美的弧线，可能当时我是肩膀着地的，因为醒来时就是那么躺着，受伤的肩膀着地，无法移动，不仅是因为身体没有足够的力量去移动，而且吉普车压在我的腰部和腿部，像个醉汉，满不在乎，纹丝不动。我想我必须承认，我们俩都一样。

在那里躺了很久之后——我也不知道躺了多久，但是看看边上，这个动作极其艰难，因为我现在僵硬得仿佛全身都是钢铁做的，和吉普车一样，我看见太阳低低地垂挂在天边，将远处的高地染成一片红色——我醒了。我眩晕无力，几乎感觉不到疼痛。我脸压在黑色石头上，山头直立着一块黑色千枚岩，姿势怪异，我猜这就是那块千枚岩的碎石。我知道下面一定是条河，但是在这片寂静之中我听不到它的水流，仿佛失聪一般，打破这片沉寂的只有不知名小鸟动听的歌声。

夜幕快要降临，我知道这个时候的夜晚会很冷。我想我死期到了。一是我没法动弹，自然也不能摆脱吉普车的重压。甚至连我的手臂似乎也被压住了，所以其实只有我的头还能动，哪怕两边都只能移动几寸的距离，唯一稍微舒服些的姿势就是右脸着地，虽然那块碎石子也很锋利。事实上，我还醉着，酒神巴克斯就是我的医生。我知道它终究会消散的。我可以试着叫出山谷里的每一粒尘土、每一块石头的名字，但是我突然想到，我对那块区域的动物群几乎一无所知，于是脑袋在那种情况下，就不由自主地想着是否会有动物趁着月色在这片静谧的山林中觅食、狩猎。一路上我看到过豪猪与野鸡，我努力回想着豪猪会对人类构成怎样的危险。然后，我自然而然地想到了蛇这个话题，但是我成功扼杀了那个想法，因为我相信蛇基本都是离群避世的生物。起码现在我不会因为踩到什么而遭遇危险了。

恐惧将我包围，然后又渐渐退去。我突然清楚地发现自己的无助。没有计划可做，没有路线可选，没有水源可寻，没有食物可煮。不知怎的，生活中的一切都废止了。我和曼生活的重担也神奇地消失了。我即将死去。会有人为我伤心吗？我想麦琪听到消息的时候会不会扑哧一笑，仿佛这只是无足轻重之事。还有曼，曼呢？我看向四周，尴尬地注意到岩石的动向，不明白花岗岩怎么会和石灰岩床离这么近，心想几千年来何种缓慢的灾祸才会制造出如此荒谬之事，即便此时，我内心也还在试图理解我的婚姻故事。我内心细细审视。我看着，设法把它的各个时期排个顺序出来。我心中开始警铃大作，那是低沉的警铃，可怕却公正。曼·麦克纳尔蒂，虽然她还活着，但是她的人生已经被抹去，生不如死、死不如生——*都是你的错*，那警铃叫嚣着，*都是你的错*。夜幕降临之前，那奇怪的一天。

是否我们做的有些事会抹去我们的人性，在真正的死亡到来之前，就将我们置于死地？

打破这些思绪的是突然袭来的一阵疼痛，如此猛烈，好像有野兽破体而出。疼痛从压在吉普车下的下肢开始，蔓延到全身。

我一定是昏过去了。等我再睁开双眼，慢慢听到奇怪的声音。我心想这一定是水声，山谷上方，在我没有意识到的时候下了雨，洪水冲下来淹没了河床。我听着，听着，我想我不仅能听到河流的声音，还能听到我皮肤下的血流声，我心想真的是吗，还是这只是我耳朵里自己的血流？不知为何，这让我很痛苦，不知道到底是什么声音，我想可能我快疯了，现在不论什么都是不对的，愚蠢的，无法解释的。就像我的人生，我想着，就像我该死的人生。

然后，山谷下，就在我目之所及范围内，出现了百来只山羊，每一只脖子上都系着铃铛，铃铛声汇成河流的声音，一起的还有一位牧羊人，是个小男孩，身穿宽松的白色长裤、长裙，头戴圆毡帽，走路轻松随意，和山羊一样丝毫不在意这崎岖的路。羊群一拥而前，他停下来看了我一会儿，然后从羊群中抓了一只母羊。他抓住它的前脚，指了指它腹部乳头，用表情与眼神询问我要不要喝，然后跪下来靠近我，虽然那只山羊踢到了我的肩和头，他还是将一只乳头塞到我嘴里，我用力吸着，不胜感激。

这场事故多多少少结束了我的战争生涯，因为我在印度住了七个月院。为了纪念救我的那位牧羊人，我随身带回家两只普什图娃娃给女儿们。

第二十三章

时不时地，我努力讲述我的故事，不经意触碰到比单单一个伤口更加心痛的东西。它更像是邪念，是恶毒的混合体，哪怕是轻轻一碰都会招致病痛与忧愁，和能够治愈疾病的国王的触碰恰恰相反。在触碰的那一刹那，还会引发最深切的惊慌，是不幸正在靠近的惊慌，甚至恐惧，不，尤其是恐惧，就好像小时候那些古老而黑暗的噩梦，总让人迷失在最浓密、最漆黑的森林里，似乎有什么东西正慢慢、慢慢逼近。小时候，我常常会哭着从这种梦中醒来，现在我在会议记录本上写作时，也时常会哭，甚至有时候都不知道自己为何要哭，却因此哭得更加伤心。我已唤醒了真相之神，他们的力量掌控了我。

战争结束了。我多多少少为自己曾经参军而感到自豪。但是参与这场“外国”战争的自豪感在爱尔兰无足轻重。成千上万的人去英格兰的工厂工作，也有不计其数的人加入到各种武装力量中，他们自然了解这场战争。然而那些一直在国内的，以及那些不赞同任何与英国结盟的势力的人，对这场战争一无所知，或者充满鄙夷。爱尔兰一滴汽油都没有，所有想要的东西都是定量供应的，沼泽里挖出来的泥炭块比以往几千年来任何时候都多。这场战争带来的只有极度的不便。

但是战争结束了。我回到家中，面对的是沉默，是大家脸上的惊讶，好像他们忘了我曾离开过——“啊，杰克，啊，杰克，最近如何？你前段时间去哪里了呀？”诸如此类的蠢话从未停止过。

如果我留下，军队会提供我半个上校职位。我很高兴能有这样的待遇。但是曼无法承受，我想她经历的已经够多了。

“我想你留在我身边，”她说，“我想你留在我身边。”

战争过后，各地一片混乱，但是与此同时，许多限制都被解除了。罗马终于通过了汤姆的废止婚姻申请。萝珊被指控多项罪名，如今一切尘埃落定，仿佛这场婚姻从未存在过。妈妈派我和冈特神父一起前往那间阴沉的铁皮屋告诉她这个消息，那不是什么值得珍藏的一天，而且我震惊地发现她怀孕了，但似乎并不是汤姆的孩子。她和汤姆没有孩子。孩子出生之后，通过我妹妹提茜所在的修女会，被收养去了英格兰。萝珊被送进了斯莱戈精神病院，我相信她不久之后死于肺结核。至此，这段糟糕的故事告一段落。

他们在都柏林举办婚礼的那天，那个美好而明亮的日子，如果你对我，或者汤姆，或者任何人说，战争结束之后她会进疯人院，不久之后撒手人寰，我一定不会相信。没有人能想到如此明媚耀眼的女孩会落得这般下场。

那之后在港口的家里，无数个早晨，我醒来，感觉自己就像是深海里的海草，被风暴冲上海岸，不知在何处，口干舌燥，对世界充满愤懑，擦伤和刀伤作痛，隐隐回想起那些侮辱和咒骂，查看昨夜残存的狼藉，四处乱扔的餐具、阿克洛茶壶、伯利克小篮子、德累斯顿牧羊女，从墙上掉落的照片，四处散落的烟蒂，母亲的桌巾掉落在房间各个角落，地毯皱巴巴地挤在墙角，脑袋里回荡着野蛮的声音，我自己的和她的，如果我往我们的卧室里看一眼，是的，曼躺在床上，她逐渐变白的头发散落在脏兮兮的枕头上，麦琪大概就挤在她旁边，肯定是我又把她放到了那里，曼哭着喊着要人陪，要人安慰，她害怕极了，酩酊大醉，她没法表达她的恐惧，她只是恐惧的容器。

麦琪想当演员，我们决定让她去都柏林读当地的演艺学校。妈妈安排厄休拉去利物浦接受护士培训。所以就只剩我们俩了。兄弟也好，妈妈也罢，敲门声越来越难得，最后彻底消失，似乎我们不幸的人生像高速旋转的陀螺一般把所有人都甩脱开去，尽管他们努力试着坚持过。在这种情况下，唯一能像你的结婚典礼那样把这群人带回来的，大概只有你的葬礼了。

让曼和麦琪分离不亚于苦路[①]。麦琪拖着行李箱艰难离开的那晚——那是1947年，那年的雪下得很大——跨过火车站台的石板路，如苍鹭般修长，蓝色的大衣衬得她比原本更加瘦削，还有那一头鲜明的黑发，曼用杜松子酒来麻痹自己，尽了极大的努力试图消解自身的存在，她喝的酒大概比得上那天斯莱戈下的所有的雪，整个爱尔兰下的雪，那场让世间万物——镇上乱糟糟的屋顶、实用主义的道路、菲尼斯克林沿路精致的房屋——都陷入奇异的寂静的雪，那场让河流也冻结的雪。

两瓶杜松子酒对她不成问题，整个傍晚到夜里她喝酒的时候还几乎是四平八稳，这次她不像往常那般在她的卧室喝酒，而是在厨房的餐桌上，仿佛她现在不需要再避开谁了，完全不用。等她喝完，她一定是在那冰冷的厨房里脱下了衣服，她一定是脱得丝毫不剩，一个四十来岁的女人，满身伤痕，然后穿过前门，走进那片迷宫一般的、白茫茫的雪中。我会知道是因为当时我正站在客厅的窗前，往外看去，奇怪这雪一直下，到底什么时候能停，然后我看到瘦弱的她在离家六米开外，她要是再走远一点，我就

①又称苦路十四处，是耶稣背上十字架，前往刑场游街示众的路途。

看不到她了。我急忙跑出房间和走廊，飞快冲到路上，拖鞋底下的雪非常危险，所以我好像一下子成了莫斯科人，一路狂奔，雪花像鞭子抽打着我的脸，抽呀抽呀，等我靠近她，我大喊着问她要去哪里。她喝醉后的声音颇为奇怪，用词却依旧准确，“我在找河”，虽然因为这场雪，她找不到通往河流的路，但是她还是想要继续往前，所以我冲向她，将她拥入怀中，几乎是一把将她抓进了怀里，震惊，震惊于她居然是那么的轻，哪怕是在那种奇异的紧急情况下，她本身已经很高了，我抱着她回去，努力避免和她一起摔倒，同时还惊叹于这个世界此刻的洁白无瑕了，一切，不仅仅是覆盖了一切，而是擦除、抹去了一切，仿佛我们的故事也可以回归空白的一页，还未开始书写，大概只有我们爱情的第一个承诺。

我怎么能扔下这样的她？与女儿分离，混乱迷茫，酗酒更烈，就像愤怒急躁的孩子在擦掉画好的画。

有些事我几乎快忘了，我怎么能忘呢？也许是因为它招来了如此怪异的悲伤、迷茫。但是麦琪走后几个月，一天她坐火车回家，说她已经给她母亲“预定”了——奇怪的词，好像是在说酒店——一家位于中部地区的戒酒医院，距离马林加[1]几英里远。不论麦琪和她说了什么，不论她

---

①位于爱尔兰韦斯特米斯郡的城镇。

找到什么好时机劝她过去，曼同意了，我几乎不敢相信。爸爸，不是我，我也不明白为什么，开着他的老爷车送她过去，后来他告诉我，曼“精神焕发”，他常常这样说，而且兴高采烈，他说在那辆老爷车里真的能感觉好事将近。他们在十天的时间里以某种方式将曼“制服”，用某种药，大概是吗啡，我不知道，再十天之后她就回来了，安然无恙，井井有条。

“曼，”我说，“曼，”我真的不知道该说什么，在此之前我已经喝了几杯威士忌，我必须承认，她不在的这些夜晚漫长又孤独，可能我说的话很奇怪，“你看起来像个女孩——小女孩。”

“我不知道你想说什么，杰克，”她说，但是神情愉悦，“我不是女孩了。”

她首先去了奎尼家，那时奎尼已经生了五个孩子，她们已经好几年没联系了，这对朋友。但是那天她们一起闲逛，相处得很开心，很开心，曼自己告诉我的，她能和我说话，那样简单、真实、寻常，这个事实给我希望与喜悦。

所以，很不幸，甚至可以说是邪恶与恶心，在这个充满饮酒氛围的家里，也就是说，我自己的饮酒问题，她似乎又坠入其中，就像棒子插到孔里一样轻而易举。我想这真是件糟糕又悲惨的事。天哪，的确如此。

神啊，请原谅我，我祈祷着，请原谅我。

她开始想象，要是麦琪在这里，她可能会重新尝试，重新努力，但是麦琪不在这里，不是吗，她离开了，再也不会住在家里了——永远、永远、永远、永远、永远。

我没法看她这样为麦琪心烦意乱，我就是受不了。虽然我觉得麦琪离开是好事。我将港口的房子挂在市场上售卖。不论如何，斯莱戈并没有什么值得做的工作，战争之后什么都很稀缺，像样的工作不复存在。战时成千上万的人去英格兰工作，他们根本就没想着要回来，他们自然不会回来，回来是多么荒唐的事。所以我想我在都柏林也许会更好。或者说我是这么告诉自己的，因为我卖房子的价格比我几年前付出去的钱还少。我告诉曼我的计划，她没有异议，这不是马耳他计划，因为等那天到来，她乖乖地上了车，甚至有点急匆匆的，还穿上了手头残存最好的大衣，当她需要付出努力去做某件事时她总会这样鼓励自己，虽然很少见，我们向着都柏林的新房子出发，不曾回头看一眼菲尼斯克林路。

自然，斯莱戈房子的价格换不来什么好东西，所以我在克朗塔夫[1]只能买得起一间很小的房子，但是我们到邓塞维里克路后，曼对此似乎并不在乎，都没有多想，就帮我搬行李，那是我把建筑用的拖车系在汽车后面，从斯莱戈一路拖过来的。尽管我们从没粉刷过那间房子的墙面，自从第一天下午摆好家具之后也几乎没再动过它们——其

①位于爱尔兰都柏林市北侧的沿海郊区。

实我那几箱书也从没打开过，就在那个小小的玄关随意堆放了五年——但是当时，我们让麦琪从她在韦斯特兰街租住的房间搬出来后，它对麦琪而言就是“家”。我想，她本来只打算在假期回家，可怜的人儿，本来只有假期而已。我必须坦白，那间房子里的日子过得都不太开心。一定程度的暴力、疾病、喊叫，从遥远、遥远的过去带来的最后几样东西也被打碎，中间也会有一些平静的日子，那是曼原本的天性又重现光芒，用她的话说，我们笑得“就像下水管道”，那段时间一切云开雨霁——但是用久了的勺子总有弯折的地方，什么都会有裂缝。

第二十四章

我发现，他的名字叫托梅蒂，那位白人督察，因为他今天又来了，这次他的下士没有同行。我几乎不知道他是谁，因为他进门时穿着巨大的华达呢斗篷，脚踩一双破烂的雨靴，所以他进到我家客厅时也带进了许多泥水。他脱雨衣时手臂动作幅度很大，几乎有些野蛮，又有几品脱的雨水溅到地板上。外套之下的他汗如雨下。我想我早已听到他汽车到达时低沉的轰鸣声，也看到他的车停在奥科先生的房子边上，如今这里的水已有七八厘米深。正当我以为这次来又有什么隐晦而令人不安的威胁和暗示时，却发现他这次的任务颇为仁慈——几乎是一次友好的拜访，只不过我怎么都不相信他会想要和我友好相处。

“我知道门萨先生来这里看过你。”他说。

“门萨先生是谁?”我问。我知道这在阿克拉是个很常见的名字，那位著名歌星也叫这个名字，但是我不记得我认识叫门萨的人。

“那位你可能有过来往也可能没有过的女人的兄弟。那个可能打过也可能没打科菲·根菲的人，除非可能打过也可能没打他的人是你。”

“对。”我说，听到这整桩黑暗事件的真相还隐藏在重重迷雾之中我感到有些放心。

“现在不重要了。”托梅蒂边说，边为裤腿挤水，把他制服的折缝弄得乱七八糟，“这件事已经结案了。但是我听说，在这里大家都是这么了解各种消息的，门萨对他的这次造访很不开心，不知道你想不想把事情说清楚。”

“我做不到。”我说，那好像已经是千年前的事情了，“我当时身患疟疾。是汤姆·奎伊在料理各种事情，我相信他把他打发走了。”

“好吧，他最近去各个他常去的酒吧，说一些对你不利的话，非常不利，我也不知道，我之所以告诉你这件事，是因为这个门萨在某些方面颇受人尊敬，尽管他有犯罪记录，而且我审讯他的时候，发现他是那种十分耿直的人，你知道的，不会故弄玄虚，不会含糊其辞，非常诚实。所以如果这样的人扬言要杀谁，这会比某个流氓说要杀谁更让我重视，如果你知道我在说什么的话。”

“我懂。”

“所以如果我是你，我会多多提防他。”托梅蒂说，我想他隐隐有些享受。他是在警告我，但同时他也乐在其中。

“我确定他不会再来这里了。”我说。

“是的，是的，他可能不会再来了。但是他很生气。他得给他的朋友付一大笔钱，而他指望你承担他的损失，如果你能听懂我在说什么的话。赌徒，你懂的。”

“我知道。”我边说边笑，用那种见多识广的样子，我发现自己时常会摆出这样的架势。

“好吧，”托梅蒂说道，最后一次抖了抖身体，在他不得不重新回到雨中并使他先前所做的全部努力化为徒劳之前，“很高兴你并没有为此太过烦恼。这些家伙很记仇。就像是二十年代爱尔兰的那些野小子。你知道我短期内不会回家。不会的，先生。”

“那真是令人伤心。”我说。

他看着我。可能他也在想这真是令人伤心，也可能是我的话让他气恼。也许真正见多识广的人不会追究这样的话，我想，爱尔兰人的很多话都还是不追究为好。但是那一刻我是不是还看到了一丝脆弱？那双眼里闪过了一丝疑惑与痛楚？一丝暗淡？当现在有人提起独立战争时，我弟弟埃内亚斯也会是这样的神情吗？在某个地方，即便是像这儿般遥远的地方，也会突然失去防线、措手不及吗？埃内亚斯也没法再回家了，但是曾经有几次偷偷溜回来，藏在妈妈家里，不敢在白日里出门，妈妈在厨房里攥紧双手，悄悄为他抹眼泪。托梅蒂从没说过他曾在南方参战，只提起他曾经在边境线北部，如果我没记错的话。也许再次靠近我，皇家爱尔兰警队旧成员的哥哥，曾让他陷入忏悔的阴影。在这场长达半个世纪的战争过后，地球上的人变得多么奇怪啊。历史的篇章在风中翻涌，曾经真挚的人们，那份真挚变成了背叛。曾经恶毒残忍的人们，成了英雄和爱国者。还有许多不同程度的两者的混合体。也许他还从我的服役生涯中获取了一丝奇怪的慰藉。是的，有那么一刻，我看到了通往托梅蒂内心的那扇小小窗户。他内心有痛苦和迷茫，只是那么一瞬间，只是那么一瞬间，然后他似乎又将那扇窗砰的一声紧紧关闭。

我不知道他要说什么，也许他也不知道。他当然不是多愁善感的人。他很快就恢复如常，全副武装。

“你的日记写得怎么样了？”他说着，朝桌子那边点了点头。

“哦，天哪，那……”不知怎的，我说不下去了。

“我会继续关注的，”他说，“别忘了，麦克纳尔蒂。”我突然意识到，当警察叫你的名字时，听起来总会很讽刺。他右手举到眼前，仿佛是在说，小心。“门萨是出租车司机。他会在各地出没。他很生气。我和你说，我在这里的一半时间，都感觉就好像我从没离开过爱尔兰。除了这里的酷热，那些该死的棕榈树和黑人之外，这里就好像雨中的巴利米纳[1]，我和你说。”

随后，他又猛地将斗篷甩到头上，一头扎进雨中，就

---

①北爱尔兰安特里姆郡的城市。

像一只巨大的象耳朵。

等他走了之后，我才想起来我似乎应该谢谢他，但是太迟了，他的车早已飞驰而去，只留下水中两个巨大的“V”字。

厄休拉。她在护士学校一切顺利，还给我寄来一张她身穿护士袍的照片，那是她的毕业典礼，非常气派，这让我松了一口气。我给她寄去五英镑并表达我不在场的歉意，因为我觉得我应该出现在那里。

1952年的仲冬，我收到她的一封信，信里说她现在十分拮据，急需用钱。她说她丢了她的护士工作，现在正住在托克斯泰斯[①]，过得很不好。十天后我又收到她的信，说状况有好转，不知为何这比第一封信更让我担忧。

于是我动身前往英格兰一探究竟。我没有和曼说起这次旅程。

托克斯泰斯有爱尔兰的苍凉，天空很低，寒风凛冽。我出现在她狭小的家门口，她一脸惊讶地请我进门，很快我就注意到她很害怕。她看起来苗条漂亮，眼里却闪着恐惧。

“可怜的妈妈现在怎么样?”她说。

“一如既往，”我说，“一如既往。”

①英格兰利物浦的一个区，位于该市的市中心以南。

“你知不知道，她有没有收到我的生日贺卡，爸爸?”

“哦，收到了，是的，她很高兴。她有没有回信说谢谢?”

“没有，但是——没关系。”

“她以前也从来不给我回信，我参军的时候，如果这能安慰到你的话。”

“妈妈她不是爱写信的人。”她说。

“她以前在曼彻斯特教书时很会写信，”我说，“但那是很久以前了。”

然后我问她为什么会丢了护士的工作。她坦率地道出了真相，这是她一贯的作风。她说她被抓到从医院的药箱里偷药，于是就被解雇了。巴比妥类药物，她说，因为精神问题开始吃的。她那时脸红到了头发丝。然后她说她之前一段时间饿极了，有一两周的时间还无家可归，因为她不能再住在护士宿舍了。然后她说她遇到了一个很好的男人，他们快要结婚了。

我问她这男人是谁，她说他叫作帕特里克·帕乌，她给我说了是哪几个字，她又说他是奥乌的奥罗伍的孙子，她也说了那几个字，我问她这是不是葡萄牙名字，她说不是，这是尼日利亚的名字。我的心在胸膛中惊慌失措。世界上所有像凯彻姆一家、雷诺兹一家一样的人，这些幽灵又盘旋到我的脑海中。我在英格兰从没听说过这样的事情，白人女人和黑人男人，虽然埃曼纽尔·海斯特曾有过五个黑人妻子。然后我突然想起曼，想起很多年前她对尼日利亚那个汤姆的喜爱。但是我想朝她大喊——“你永远也不能带着这样一个男人回家，你想想孩子们，你以后的孩子们？”但是，谢天谢地，谢天谢地，我没有喊出来。

“我爱他，爸爸。”她说着，用那双充满恐惧的眼睛看着我。她的头埋得很低，等待着即将落下的斧头，毫无疑问。她没有叫我来，但是我来了，现在她将得到她的惩罚。

好像是天使从耶稣的墓上推开石头。我一直独自和这块巨石在一起，这块阻挡了许多人类历史进程的巨石，代表着统治者和奴役的重负。然后天使把它推走了。我承认，直到最后一秒，我都是个该死的白人。但是，突然之间，自由，真正的该死的自由。

“我想着这是个好消息，”我说，没想到我的嘴里竟会说出这样的话，“这是最好的消息了，厄休拉，最好的消息。”

我因为某种喜悦有些头昏眼花。

“爸爸，”她说着，边抬起头来，我从没见过她如此开心，她原本就是个乐观的孩子，“我没写信告诉你，因为我很害怕。”

“好吧，不要害怕，”我说，“不需要害怕。”

她眼中的恐惧的迷雾烟消云散，她将脸埋在手里，安静地擦拭眼泪。难道我从未对她温柔地说过话吗？恐怕也许没有，恐怕没有。她从我们这里得到过应得的温柔吗？

她又凭什么觉得我现在会对她温柔以待呢？她从没有过这样的经历。我看到了这一点，仿佛有人向我恶毒的内心投去一道光。我看到了这一点，我别无他法，只能走上前，将她抱入怀中。

要记得醉酒实在是一桩难事，因为这时候人是游离的，这是一场抹杀万物的混乱。也许从外面看起来……但是要假装自己置身事外，这会有多糟糕。我就在这场战斗之中，每天早晨都知道自己会出现在报道之中，或优雅或耻辱。优雅，因为有时候，和爱尔兰的夏日一样稀有，会有巨大的人性之善降落在我们身上，曼和杰克，会有那么片刻，我们身穿同样的制服，并肩抵抗相同的力量。那时曼会突然快速地说一些出乎意料的、亲昵的话语，其实就是些甜蜜的废话，可能是因为杜松子酒，但是这对我来说弥足珍贵。因为为了在相对清醒的白日里也能继续前行，你总得存些积蓄。

但是野蛮啊，野蛮的齿轮。机器上发出微妙的金属脆响，当齿条开始转动，绳索缠紧身体。口齿不清的醉汉那骇人的口才。因为担心无法一击致命，如刀剑般锋利的辱骂变成了棍棒。言语化成的风暴、碎片、石块、尖刀、子弹、炸弹，侵袭着我们的大脑。汹涌的恨意带来的后果，筋疲力尽，我们也许会躺在客厅里，不是在椅子里，她可能瘫倒在墙边，而我平躺在地板上。仿佛坠落的炸弹击中这房子，毁灭了一切，却没有爆炸。所以躺在那里的什么东西还有一颗秘密的心脏在跳动，嘀嗒、嘀嗒，谁能知道这些引信那狡诈的本性呢？它们的编号和解决方案？——我不知道。悲伤无以言表，羞耻，最糟糕的是羞耻。夜复一夜，把我们自己变成完完全全不同的、复仇的恶魔，某种失败的科学怪人的产物——可怜，因为是如此悲惨、如此低劣、如此飘忽不定，她曾经拥有那么多美好的东西，如今却消失得一干二净。我自己也好不到哪里去，一点也不，只不过于我，我不得不想，刚开始就没有那么多美好。邓塞维里克路上两个疯狂的魔鬼。麦琪已经成年了，在专业舞台上大展身手，躺在床上却担惊受怕，好像碰到甩动的电缆而触电的孩子。可怜的邻居们时常会砰砰地敲墙。曼的身子日渐消瘦。我的身体却健康得可笑，脸色红润，雄壮圆润。曾经的岁月在其中丝毫不剩，徒留灰烬，徒留近三十年前遗失场景的碎片，以英雄的姿态，踏上这条黑暗的旅程。

“你这个废物，你这个没用的、爱发牢骚的、不讲信用的人。”

循环往复，没有尽头，什么时候开始的也早已记不清。

早晨——什么也不会被提起。如果是周日，我能看到她在圣芬坦教堂做弥撒的人群中，跪在长凳上，急切地祈祷着，脸也因为扑太多粉而显得苍白灰暗。夜晚发生的事早已抛之脑后，直到它重新登场。那么，说我恨她又有什么意义呢？虽然我的确如此，时常、时常——深入骨髓，就像千疮百孔的血管，那是爱吗，一直在涌现，不受感官控制，带来死亡，同时也给我生命？

"努力"过了。少喝点杜松子酒，少喝点威士忌，努力去雅梅饭店吃饭，穿上手头最好的衣服。

"我们必须努力，杰克。"她会说，说这话时，总是带着几滴眼泪，几行，与话音一起落下。

然后我们一定会计划去艾比剧院[①]，每隔两三个月，看看我们女儿的新演出，这将会是一段充满波折的路途。曼驼背，未老先衰，紧张不安，对任何事物都不确定，尤其是对她自己。勉强地坐在椅子上，不情不愿地度过这段可怕的清醒时光。她没法真正"见"麦琪，她看不见，对表演或者戏剧相关内容只字不提，仿佛现在保持清醒也像是做梦，而且是那种无法复述的梦，甚至连记都没法记住。

①又名爱尔兰国立剧院，位于都柏林，1904年开张。

第二十五章

1952年。我在科卢尼[1]参与制定一项小型自来水方案，涉及各种地方，这个国家的另一头，在那些疯狂的日子里，这世界就是这个样子的。一天晚上，我很晚才回家。我蹑手蹑脚地走进厨房，一路驱车，饥肠辘辘，想看看有没有三明治可以吃，我摸黑翻箱倒柜，过了半分钟才发现她正坐在餐桌旁。我点亮炉子旁边的灯。她穿着外套，好像正想出门，也可能是从外面回来还没脱下它。她用她妈妈银制的长别针将棕色帽子固定在头发上。真奇怪，我怎么会对她的一切了如指掌，包括她的珠宝首饰。我想这是因为我密切注视着她，太密切了，也可能是不够密切，我不知道。总之，她坐在那里，哪怕是她右边新出现的光线也没能让她动一动。她附近既没有杯子，也没有瓶子。我朝她走去，站在她的右手边。

---

①位于爱尔兰斯莱戈郡。

“你还好吗?”我说。

“我正要上床睡觉。”她说，仿佛对她而言，坐在那里是再正常不过的事情，仿佛她每晚都如此，穿着精致的黑色大衣，衣领上围着一圈俄国狐狸毛，端坐在那里——那件大衣已经二十多年了，可能三十年了。她漆黑的眼眸的确像狐狸那般，她的皮肤光洁如苹果，尽管她现在已经五十岁了。她身上有些绘画般的气质，仿佛惠斯勒本人从门后跳了出来开始画她，她的形象如此强烈，在阴影之中，我是如此熟悉。我本人也如同婴儿般十分清醒，因为我知道我第二天早上五点要出门，现在我在画图板前，还有一个小时才能睡，手里拿着一名小男孩用水平尺帮我测量的数据，要转换到镇里的地图上，还要用红笔标记出水管。我很期盼着我的工作，就像我妈有时候会期盼着熨衣服，或者至少她是这么说的，夜深人静，大家入睡的时候。

“我给你泡杯可可?”我说，灵光一现，心想这是正常人深夜会做的事情，很有可能。

“可可，杰克?”她说，“我们没有可可吧。”

“有的，我确定，我确定在橱柜里看到过一罐可可。”

“那一定放了很久了。那是厄休拉的可可。”

“那是用可可豆做的，”我说，“不会坏的。”

所以我给她泡了一杯可可，因为她看起来需要点什么。家里没有牛奶，但是我还是用水泡了，放了很多糖。然后我把热气腾腾的杯子放到她面前，她举起戴着手套的手，握住杯子。

“完美。”她说。

第二天一早，她告诉我她要去城里看某位医生，那是她之前一直看的克朗塔夫的全科医生给她推荐的。她说她会坐电车，但是我打电话给科卢尼的相关人员，瑞恩先生，他是我手头这份工作的领班，并告诉他我这周不会开车过去了。我让曼上车，那时候我们开的是福特车，科克郡的工厂造的。那是辆相当基础的车，但是够开了。那是一个寒冷明亮的二月天，天空蔚蓝高远，我们开车穿过克朗塔夫，进入老城郊区，仿佛这只是一次愉快的郊游，然而事实是我们已经好多年没有开车郊游过了。

在都柏林，那位专科医生将她带进房间做检查，而我在外等候。大约一个小时后，他们回来了，很奇怪，他们看似一对夫妇，曼笑意盈盈地看着他，谈论着罗西斯角。原来他就在那里长大，是米德尔顿家的人，虽然他并不姓米德尔顿。然后他为她预约了两周后来医院，我和曼开车回家，再一次在那妙不可言的春日天空之下。

两周来，我们相安无事，我为她做肉丁土豆、排骨，有一晚我甚至做了卷心菜煮鸡，虽然连我自己也不确定是不是真的有这道菜。无论如何，她很给面子地吃了，还说这样做鸡吃最好吃了。这段时间，她看起来十分安静，说实话，有些奇怪。我感觉她有些不舒服，但是无法开口问她是哪里不舒服。她每天在浴室沐浴，然后在梳妆镜前梳妆打扮，哪怕历经战争与酗酒，这梳妆台也不知怎的依旧在我们的卧室里，安然无恙，优雅如初。然后她会挑选那一天想穿的内衣和裙子，有一天我们在橱柜里找到了以前那双防蚊靴，她穿上的时候我们都笑了。由于她脚踝肿胀，这靴子几乎穿不了了。

等到预约的那天，我开车送她去都柏林的医院，护士为她做好手术准备，让她吃了几颗药，她进手术室时医生给她用了麻醉气体，这次也是一个小时之后她就出来了，这让我很意外，还好我没有按原计划沿着利菲河[①]一路走到北墙[②]。

不久后她被安置到病床上，我一直坐在她身边，直到她苏醒，然后手术医生进来，他已经换上了他的多尼戈尔花呢西装，戴上时髦的帽子。医生姓布莱克利，显然是罗西斯角的布莱克利一族，虽然我从未听说过这家人，但是斯莱戈人民似乎无处不在。他的手很干净，手指修长，我想这在他那一行里很有用，此刻他手指落在曼的头旁边的枕头上。曼还是昏昏沉沉的，但是一看到他就清醒了，自信洋溢地朝他一笑，自从我们结婚后就不大能见到那样的

①流经都柏林市中心的一条河流。

②位于都柏林市内东北部，利菲河沿岸。

微笑了，但是我清晰地记得大学时，她和朋友们走在那条绿荫路上时，常常会那样笑。他说他已经做过全面检查，他打开肝脏上方的部位，仔细检查过，并认为已经没有什么他能做的了，他已经检查过又缝合上，并表示会开一些药应对之后可能产生的任何不适。他说他知道她希望他实话实说，因为两周前她在办公室和他说过，他会照做，并告诉了她她患的是哪种癌症，以及接下来会发生什么。他说这番话的时候，曼一直倾听着，如久经沙场的士兵般镇定。仿佛你没法再告诉她什么更糟糕的事了，她已经免疫了，或者说她的笑容给人这种感觉。

他说了很多饮食注意事项，他说这都是如今时新的话题，健康食品的好处，该吃什么，不该吃什么。他问她平时的运动量，她说她喜欢遛狗遛到直布罗陀，他惊讶地挑起眉毛，我解释说这是斯莱戈的一个海水浴场，过了一会儿我才从她的困惑中发觉她忘记我们已经搬到都柏林很久，而且那两条狗已经死了。然后他大笑，握了握我的手。“当然了，”他说，“我小时候不是还在那里游过泳。”然后他双手举起她的右手，用力一握，便离开了。一周后，我们回到邓塞维里克，曼身上仅存的能表明她所受的苦楚的，便是横穿肝脏所在之处的那道显眼的紫色疤痕，肿胀而坚硬。

三个月来，每晚我都给她读陀思妥耶夫斯基——《白痴》是她的最爱——《卡拉马佐夫兄弟》也还能忍受，虽然她觉得有些冗杂啰唆，她喜欢陀思妥耶夫斯基写出人物全名的写作方式，包括父称[①]等等，俄国风格。我想给她读吉卜林，但是她觉得《吉姆》很奇怪，而《抗敌英雄》她说是鬼话连篇。所以我又读回陀思妥耶夫斯基，然后是《包法利夫人》，她觉得可能是这些书里第二好的。问题是她不能喝酒，因为喝酒会让她很痛。她的确试过，但是并不是什么愉快的经历，喝完之后她会呕吐呻吟，这种难受和悲惨让她实在不想再重蹈覆辙。奇怪的是，她脸上气色有所好转，看起来状态不错，总之苗条又时髦，她说体重下降当然让她很开心。你永远不会嫌自己太瘦，她说。她能穿上二十多年前的裙子了，她一直保存着，用她的话说那是她的图书馆，许许多多连衣裙、短裙、衬衫、裤子、内衣，天知道还有什么，都还存放在某个衣柜里，虽然说实话有些已经发霉褪色了。我不去理会斯莱戈自来水方案的工作，一直待在家里，我甚至去克朗塔夫的银行用她的手镯和项链抵押借了些钱。她哥哥杰克似乎是察觉到了什么，或者有消息传到他耳中，比玛丽亚·谢里丹的电报还神秘，却同样可靠，他从罗斯康芒赶来了，他们俩坐在简单空荡、令人难堪的客厅，促膝长谈，夜晚钟声一响，杰克便起身，他在走廊很快地抱了我一下，便开车回西部去了。

---

①俄罗斯人的名字一般由本人名、父称（后缀随性别变化）和姓氏组成。

我当时正在给我们三个做晚饭，曼站在厨房边削土豆边谈论着一些无关紧要的事情，神色严肃，头偏向一旁，刀精准地在土豆皮下快速移动。夜里我便将谨慎抛诸脑后，在潮湿的炉栅里点起火，虽然当时应该已经是七月了，白日渐长，我就着亮光给她读书，都柏林新修的柏油路随着午后的阳光而变化，克朗塔夫和布尔岛[①]之间和缓的潮水显得清澈而宁静。

不久后，她的癌症愈发严重，我们不得不再次回到医院。她住进另一间病房，独自一人，我满城市地为她找时尚杂志，有时候曼兴致很高，会像学生时那般谈笑风生，仿佛我是她大学的朋友。

并不是说那段混乱不堪的历史销声匿迹了，或是仿佛从未发生过。这只不过是一段短暂的美好时光，上帝保佑，我们相处甚欢，那是她年轻的、健康的日子里我们并不总能达到的状态。这并不意味着我们不再需要承担我们的罪过，这并不意味着我们得到了宽恕。曼当然没法痊愈，也许她那样并不是真正的快乐，她有她的病历单，她了如指掌。尽管如此，我从未看到过谁有她那样的勇气，哪怕在将死的士兵身上也从未见到过。狗身上总有狼性，玫瑰总带着刺，她也并没有很大的变化，她还是曼·麦克纳尔蒂，娘家姓柯万，而我还是杰克。但是我永远不会因为我对她

①位于爱尔兰都柏林湾，长约5公里，宽800米，大致平行于克朗塔夫海岸。

的爱之深而羞耻，我永远不会诋毁这份爱，或是怀疑它的真实性。因为为它盖章的那只手，就是为所有人世间的爱盖下印章的手。

第二十六章

雨终于停了，虽然这个时候蚊子正处于快乐的狂欢之中，一入夜便成群结队地出没，就像斯莱戈的游民，特别喜欢聚集在我的蚊帐外面，但是这片大地无疑重获生机，泥土吸饱了水分，阳光普照，绿意萌动，无数棕榈树抽枝散叶，速度惊人。汤姆也一下子振奋了精神，仿佛之前的阴雨也笼罩在他心头。虽然严格来说这里并没有真正的春天，但是他一整天都在做春日大扫除，拿着刷子清扫木屋的各个角落，一边哼着他擅长的埃维语和英语小调。他还刮了胡子，穿着从某个珍藏的地方找出来的一套新西装，白色的裤子和衬衫，他现在看起来在某些方面似乎比我精神。我又说起载他去内地见他妻子的计划。自从我第一次提起这件事，他对此不置可否，我心想他会不会已经忘了。但是他一下子喜上眉梢，用后脚跟和前脚掌来回轮流站着，又郑重其事地握住我的手晃了晃，一时无言。

我有种回到家的感觉。我现在可以开始想象了，有了这种珍贵的想象，我想我很快就能走了。整装待发，不知为何，写下这些话让我有些悲伤。我有个很能装的旧扁皮箱，我可以船运寄回家。但是我想这次我自己不会登上那漫长的航海旅途，我会从新机场乘坐飞机抵达拉各斯[①]，再从那里转机飞往欧洲。以前无法实现的，如今都成真了。我想起能穿越撒哈拉沙漠的巴士。虽然离开这里我会很难过，但是想到旅行，我总是能获得奇怪的希望。这段旅程会带我去找我的女儿们，以及麦琪的两个孩子，我还没有见过他们，可能厄休拉现在也有一个孩子了，她在上一封信里似乎隐晦地提到过。我会去的，我会全力以赴，这些话是出自一个过去经常做得一塌糊涂的男人。我会成为带着糖果和玩具的外公，以及尽我所能言语睿智的父亲，不仅如此，首先我要表达我深深的歉意。我会向她们道歉，我会问她们我要怎么做才能证明我身为父亲和男人的资质与信誉。如果有忏悔赎罪的机会，我会承受，带着忏悔的心情。我为自己的所作所为感到惭愧，但是这很大程度上是坏男人的人生。我们要怎样变好，变得更好，将会是我的必修课，我要用毕生所学筑起我和她们之间和谐团结的桥梁，如果她们对此还抱有希望的话。我从她的言语中知道我在厄休拉的心里至少还占据着一点小角落，我愿意冒

①拉各斯是尼日利亚最大的海港城市。

险相信她还爱我。我当然爱她。虽然麦琪藏得更深，包裹在怀疑和控诉的棺木之中，我也必须坐在那团火焰之中，看看当该烧的都烧完了，残留的是什么。我内心深知我爱她，我尊敬她，她是我的第一个孩子，我强壮的孩子，我的女儿。当然了，当然了，只要我下定决心去做这些事，就觉得我能够做到。我祈求上帝帮助我。

眼下，我要写信给奥科先生感谢他。如果其他事做不到，我也会尽量礼貌地离开。我会把钥匙给汤姆，让汤姆转交给他，如果有的话，但事实是没有钥匙。等阿克拉的房子需要钥匙了，那就大事不好了。

现在，又有一些棘手的事萦绕在我心头，有人可能会称作当下的黑暗，它们让我夜不能寐，就像是心头有群蚊子烦扰我，只有疲惫和窗外非洲月亮的慰藉，能让我慢慢沉入仁慈的梦乡。麦琪的丈夫是其一，我怀疑他并不是很喜欢我。他觉得我可笑、低级，断定我一身缺点。他怪异的绿色西装和台球桌一个颜色，火红的胡子，爱写诗，酒品很差——好吧，这点我无权责怪他。但是不管怎么说，人总是希望自己女儿找的老公和自己不一样。一个更好的人。他父亲人不错，虽然我只见过他一次，是科克郡的画家，我听说他1916年便离开了，但是我可以想象，自那以后他一直过着平静而清醒的生活。我很喜欢他，也很受鼓舞，可惜，我觉得他儿子和他并不是一类人。而现在他们已经有了两个孩子，我十分好奇，却并不知道要拿这份好奇怎么办。麦琪说话语气变得像他一样，每次我见到她，她都会给我一顿教训，但是这也可能是因为她的童年。除此之外，她现在正在都柏林的舞台上闪闪发光，公认是耀眼的新星。我只希望她的这个老公不会毁灭这一切，也不会毁灭她。一个自认为不会犯错的人是危险的。一个不会内疚的人是危险的。曼，我常常觉得她是“母老虎”，她会内疚不已。她要是不会内疚就好了，可惜她会。

那个小护士，每次我去探视时都在后台工作，她知道点什么。据她所说，她的目的是确保曼能够“体面地死去”。这似乎是个可爱的词语。我感觉曼常常和她聊天，告诉了她许多事情。但是哪怕她真的说了，也都是保密的，那护士从未向我吐露只言片语。

得知曼可能撑不住了，我把麦琪和厄休拉带来了。

麦琪坐在床边的一张坚硬的金属椅子上，厄休拉则站在另一边，屋子里漆黑一片。曼把一只手伸向麦琪，麦琪握住，泣不成声。之后，曼转身面向厄休拉。

“到我这儿来，厄休拉。”她说，而厄休拉，虽然并不清楚要怎么做，但还是尝试着，往前一步走向高高的床边，俯身向曼，靠在她白色的大枕头上。但是显然曼想让她靠得更近一点，于是厄休拉笨拙地将上半身靠在床单上，弯着腰，而曼举起疲惫的右手，落在厄休拉的脸颊上，抚摸着，说道：

“当然了，是的。”

她活着的时候没能做到的事情，似乎在临终前做到了。

不一会儿，两个女孩被护士带出病房。我听见她在走廊上和她们轻声说话，是那种护士轻柔的腔调。只剩下我和曼了。

“杰克，”她说，“这一切是不是都不好？一切都是一场灾难？”

“天哪，不是的。”我说。

这就是在生命的火焰燃烧殆尽之时会说的话，如同余烬一般。她的声音是如此微弱，我必须得俯下身才能听到。由于病痛，她的呼吸有些臭味，闻起来就像是苦涩的药。我并不在乎。

“你那时穿着白色制服，真的很帅，”那微弱的声音说道，“在海峡殖民地拍的那张照片。”她的声音依旧微弱，仿佛四十年前的那件白色制服，足以解释所有。

“好吧。”我说。

“杰克，”她说，“清醒的感觉真奇怪，一天，又一天。我有太多该死的时间去思考了。那么多糟糕的事情，糟糕的事情。为什么，杰克，为什么会是那样一个人生？”

“我不知道，曼。”

“你觉得我会不会因为这一切而永远也上不了天堂？”

“我相信你一定会去天堂的。”

“要是真的就好了，那我就能再见我父亲一面。只要再见一面，他们就可以把我拉下地狱，我不在乎。”

“除非我死，否则我一定不让他们拉你下地狱。”我说。

她顿了一下，随后，病痛纠缠的身体里迸发出笑意。

“杰克，杰克，”她说，“我本想和孩子们说几句话。不管怎么样，我想要弥补一下。但是那时我好像不知道该说什么。我爱你，杰克，我爱她们，真的，我爱她们。没用了，没用了。我们拥有的那些东西，我当着上帝的面扔掉了。为什么，为什么？真的对不起。告诉她们我很抱歉，你会的吧，杰克，等我走之后？”

最后一句，“等我走之后”，声音微弱得可怕。

“我也很抱歉，曼，”我说，“不，我们俩过得没有你想象的那么好。但是我永远都不会停止爱你，永远不会。”

“我也一样。”她说，声音更加微弱了，因为她已经快到生命的最后一刻，“为我祈祷吧。”

如果我能够测量这些话语，形容那种细微的声音，那么缥缈，濒临终结，像蜘蛛丝一般。她说话时，我内心泛起一股奇怪的自豪和爱意，我没注意到护士已经站在角落，拿着蜡烛，为她最后的时刻做好准备。我敢肯定，婚姻中的士兵们，战士们，战败者和幸存者们，并不是都能听到那些遗言，那些也许有朝一日能带来一丝慰藉的遗言。总有一天，那些说过的话会直击内心，就像一支小小的箭射向高空，多年以后方能落下。

后来她昏迷了好几个小时，呼吸困难。后来她咽下最后一口气，随之她呼吸的引擎停止了。护士点燃蜡烛，打开窗户，她说，这样曼的灵魂才能飞向天堂。然后，她吹灭了蜡烛。

我写下这些时，天哪，它击中了我。这支箭直穿我心。我从笔记中抬头，才惊觉自己身在阿克拉。

曾经这只是朦朦胧胧的思绪，一种暗示。用文字记录有很多好处。思绪的迷雾会消散，真相或者表面上的真相会浮出水面，鲜明地，赤裸裸地，这并不总是件让人舒服的事，不。但是这就是我手头的工作，我想，我要尽全力搭建起通向未来的临时大桥，哪怕远处的铁架和钢索还虚无缥缈。

我时常会想起在北非沙漠的那一刻，百灵鸟直冲云霄。看着战友们的遗体，胸膛深处的心支离破碎，还有卡车后面活着的战友的眼睛，就只是看着。那一双双眼睛是如此害怕，也许他们的确应该害怕，但是同时也那么渴望正义，渴望解释，渴望原因。但是有什么原因能解释世间万物？我说不上来。

到头来，直冲云霄的百灵鸟究竟意味着什么呢？当我开始在这本旧会议记录本上写作的时候，我想我并不真的觉得它意味着什么。或者说我觉得它只有一种模糊的、“诗意”的意义。我希望它意味着什么。但是我到底希望它意味着什么呢？我不知道。奇迹最终能压倒事实吗？时至今日，我还是不知道，我还是不知道。

哦，但是也许我的确知道，也许我知道。哪怕在死亡中，爱也会像那只百灵鸟一样，直冲云霄。

她是那么有天分，她自己也深知这一点，钢琴，教书，时尚，甚至在网球场上。这些天分被放进了盛满酒精的大罐子里，窒息，变成木乃伊。倒入了福尔马林。所以她故事的结尾可能徒留一个标本，她活着时的特性都没法体现。但是我们最大的困难，和我们仅有的优点就是我们还有灵魂。时间可能就像洪流，带着过往的残骸，在你的生命走到尽头时最终追上了你。曾经大火燃烧过的地方，现在可能只像是你手掌里的灰烬。但是那点灰烬就是灵魂，世界上没有任何东西可以摧毁它。

我思念她的脸，她的美丽，以及她老去的面容。

第二十七章

葬礼上奎尼·莫兰轻轻走到我身旁，说是我造成了曼·柯万的死，还说那么多年前柯万先生叫我无赖是对的。我无言以对。她说如果她不说，她会觉得背叛了对朋友的回忆。她的话当时可能没有击中目标，但是现在，这些话语的力量击中了我。

回想起她的苦难，我没法不同意奎尼。我不明白她怀上孩子为何会不开心，虽然妈妈曾经试图告诉我。失去哥拉顿街的房子是因为我。面对科林的死，我的做法是搬得远远的，然后战争一爆发就马上入伍。在她显然最需要我的时候，我又回到了战场上。而且从始至终，我都在喝酒，告诉她喝酒是怎么回事。

我该拿自己怎么办？葬礼后一天，早上醒来后，我走到卫生间，发现头顶上的头发全掉了。

我努力对厄休拉和麦琪说些安慰的话，但还是开不了口，我和其他所有活着的人之间相隔无限远。

我自己也没法得到安慰，因为悲伤就像一块面团，塞进我的身体里。汤姆试着帮我，甚至连厄休拉也试了，但是都没有用。

厄休拉，和奥乌的奥罗伍的孙子本人一起走在街上，当然对古老又思想保守的都柏林产生了影响。美国军人出现在都柏林已经好久了，从战时休整期就来了——其实是种入侵。但是哪怕这样，我也毫无反应，即便汤姆问我“发生了什么?”，我也只是含糊地点点头。“他是个好人，”我说，“他会对厄休拉好的。”“你去参加他们的婚礼了吗，杰克?”他惊讶地问道。“我没有，汤姆，因为他们是在利物浦悄悄结婚的。但是爸爸去了。”“爸爸去了？没人告诉过我。”他说，仿佛几乎是在为自己的缺席而遗憾。

我在说话，但是我并不是真的在思考。我是麻木的，空洞的，真正的伤痛和哭泣到得比较晚，在这里，阿克拉，在汤姆·奎伊的照顾之下，在这间我独自一人的小房子里。

我感觉自己变回了初次见曼之前，那个无处安身的男人。

我回到了斯莱戈，想看看我能否在那里找回平静和理智。我的父母开心地接纳了我。

一天，我在她的小客厅和她聊天。她椅子旁边是剪贴簿，大概有六本，贴满了各种传单、剪下来的图片，还有《斯莱戈冠军报》上关于麦琪小时候在斯莱戈艺术节上大获成功的报道，各种在悠长的粘贴挑选的过往中吸引她注意的东西，虽然这并不是当初那个客厅，而是在新的平房里的一个小房间，也许现在也没有那么新了。

在我看来，胶水、刷子和那些剪贴簿，这些消遣就类似于她曾经工作过的精神病院的病人在编织篮子。除此之外，每张椅背上都套着刺绣椅套，用来隔绝爸爸、我自己和汤姆的发油，但凡有人在这个房间里坐下，就一定会碰到这些椅套，她就会伸出她那短小的手臂，似乎只是下意识地，将你背后或者身下的椅套铺平。

所以，有一天，我浑浑噩噩地走进那个房间，没有什么原因，只是因为一直待在狭小的卧室里忍受着刚成为鳏夫的日子，想出来走走。妈妈坐在那里，身穿紧身黑裙子，裙角已经有点磨损，可能甚至还有点污渍，膝盖处有点亮闪闪的，那是前一晚炖羊肉时擦手留下的痕迹。确实，屋子里现在还残留着羊肉的味道。

我妈妈就那样坐在那里。这个房间是在客厅后面用一堵水泥墙辟出来的，意外地和约翰街老房子的客厅一样。所以，有那么片刻，在无尽的悲痛之中，我能够想象着我才刚刚走进那间已经消失的房间里，问她我到底该如何追求曼·柯万这样的大美人。

但是，我妈妈在哭泣，这好像某种药，转移了我的注意力。泪水在她的脸颊上静静地流淌，在脂粉之间汇成一条条小溪，就像月球上那些神秘的沟壑。

“妈妈，”我说，“怎么了？”

我想她可能同时在想着好几件事情，她消失不见的儿子埃内亚斯，他离开斯莱戈已经有大约十年了，她那无可指摘的丈夫，却一直让她心烦，时至今日他还是如此精神矍铄，骑着他的黑色大自行车穿行于斯莱戈的大街小巷和城郊，退休之后变得只用长笛和短笛吹奏吉格和里尔舞曲，大提琴则在食品储藏室里积灰，也可能是其他许许多多让她坐在椅子里烦恼的事。

“没事。”她说。

“不可能没事。”

“我很好，杰克，我很好。”她说，语调是惯常的耐心与友善，但是她头低了下去，又有泪水沿着她脸颊流下来。

“妈妈，我觉得你可以告诉我怎么回事。”

“好吧，”她说，“好吧，就是老问题。老问题。”

好吧，我知道老问题是什么，我确定。

“这次是什么勾起的，妈妈？”

“你知道吗，”她说，“我真的觉得是曼的离开，抱歉这么说。你看她，年纪轻轻，五十一岁，已经过完了自己的一生，而我，还坐在这把椅子上，这幢房子里，这座小镇上，对自己依旧一无所知，不知道我是谁、我来自何方，也不知道我家人是谁，什么都不知道。”

眼泪似乎从胃里涌了上来，哽在她喉头，因为她几乎没法说出话来。

“妈妈，把你知道的都告诉我，你记得的一切，我们一起想办法，看看我们能做点什么。”

“没用的。难道你爸爸没有去科卢尼的教堂翻过登记簿吗？我应该是在那里出生的，但是什么痕迹都没有，什么都没有。哪里都没有我的痕迹。”她说。

“妈妈，把你知道的那些名字告诉我。全都说出来，你现在还记得的那些事。”

“不，”她说，“不。”双手紧紧攥住。

“你看，妈妈，已经过去这么久了，你当时只是个婴儿，不是吗？成年人的所作所为与你无关，就是这样。”

她沉思片刻。然后她从袖子里掏出手帕，用它擦了擦鼻子，那里开始有发痒的晶莹液体落下来。

“好吧，”她缓缓说道，重振精神，两只小小的手现在放在她的两个小小的膝盖上，“我娘家的姓当然是唐纳伦，这是我父亲的名字，他是名士兵，他们对我视如己出，但我并不是他们的孩子。但是问题是，我没有出生证明，到现在都没有，我爸爸结婚的时候应该有一张的，但是我没有，我们必须向牧师解释这一切。我妈妈，我妈妈——”她停下来，我本以为她不会再说了，但是她继续了，她滔滔不绝地说着，仿佛我已不在那个房间，甚至仿佛我从未出生，而是在很久以前，那时她还是个小女孩，十六岁，怀有身孕，有一个美好未来，那是必定的，有年轻的汤姆·麦克纳尔蒂在她身旁，想要娶她，“我妈妈是舞女，是舞女，杰克。”她说，仿佛嘴里进了沙子，“她叫莉齐·芬恩，和一个叫吉布森的男人有了纠葛，我听说他是贵族的儿子，凯里郡的卡斯特曼因家族……而那个孩子，那个孩子，我，在那个母亲死后送给了吉布森的勤务兵。还有……”她又说道，但是在说完“还有”之后，她似乎没有话可以说了。可能她只知道这些，不论如何，我从没听过她说这么多话。她脸上沾满泪水，甚至懒得再去擦。

“妈妈，他们有你的时候结婚了吗?”我说。

“我觉得没有。”她说，情绪突然激动。

“但是有没有人告诉过你呢，妈妈?唐纳伦妈妈有没有说起过?唐纳伦爸爸有没有对给你和爸爸主婚的牧师说过这件事?”

“人们是不会说这种事情的，杰克。”

“为什么?”

“因为羞耻!”

“我想大概是这么回事。但是，妈妈，这并不羞耻。我并不觉得这有什么羞耻的。我为你感到难过，妈妈。我也为她感到难过。”

“为谁?”她说道，一脸不敢置信，“你不会是说那个舞女吧?”

“也许是的。”我说。

妈妈看着我，仿佛这是她这辈子第一次看到我。

我突然坦然地说出口了，那件沉默的、不幸的，一直以来视作禁忌的事情。我十分震惊，妈妈也是。突然之间，仿佛前方出现了一条路，或者说古老的黑暗中出现了一盏灯。我真的笑了出来，这让我那可怜的妈妈更加疑惑。因为，虽然对妻子的死亡我无能为力，但出乎意料的是我觉得我可以为我母亲的身世做些什么——要是能帮她摆脱自责，把故事从不幸变得幸运就好了。

“我们改天得开车去凯里郡，和卡斯特曼因家的人喝杯茶，我们应该这样做，妈妈。”

又是那种惊讶的眼神。

“他们不是你的家人吗？”我说。

“他们把我扔了。”她说，企图把我和她拉回*事实就是事实*的论调中去。

“可是你不是有唐纳伦一家吗？而且，妈妈，你是个贵族，不是吗，贵族，却没有那些麻烦事。”

“什么麻烦事？”她说道，一脸怀疑。

“一幢没法供暖的发霉的老房子，一大片破烂的土地，这些年月里还有炸弹掉落在门前，把房子烧毁。”

“什么？”她说道，有片刻仿佛是在担心她自己的小平房。

“而且，妈妈，难道你和我们在一起不是更好吗，我们比任何老贵族或者夫人更加爱你。”

有史以来第一次，我费尽努力，终于似乎找到了她的笑穴。她开始大笑，这种笑声在我童年时一直标记着严肃时刻的终结。那笑声持续了一会儿，仿佛安静的小提琴声，然后音量不断扩大，然后喷薄而出的笑让她前仰后合。

第二十八章

当时我唯一能想到的事情就是回到非洲去。我对那之后一年的事情几乎没有印象。我喝酒喝得比以往任何时候都厉害，天知道我的老板是怎么忍受我的。1954年，我的大马士革转变时刻[①]到来，我不再喝酒。但是我发现有一种东西叫酒不醉人人自醉，很长一段时间，我的脑袋都不是很清醒。那段时间，我为之工作的那些人似乎失去了对世界的掌控。

我在多哥公投期间抵达黄金海岸时，我所缺乏的并不是道德观，我根本就没有思想，就像酒店房间里的窗户，面向空无一物的高墙。

虽然如此，不过回家探亲时，我还是在都柏林逗留了几日。我一直有种想法，我妈妈的母亲很有可能是新教徒，

①出自《新约圣经》中保罗在前往大马士革的路上决定改信基督教，成为后世所知的外邦人使徒这一事件。

所以一切都是那么遮遮掩掩、神秘莫测。我去教会咨询，教会说如果当时举办了婚礼，而且男方出身富裕，那可能是在基督教会座堂[1]举行的。于是我去了那里，花了一下午翻看1870—1880年间婚姻登记的名字，果然，神奇的事实出现了，伊丽莎白·芬恩和罗伯特·吉布森在此登记结婚。于是我带着这个象征着自由的珍贵事实回家告诉我母亲。

“坏消息是，妈妈，她是新教徒。好消息是他们结婚了。”

“好吧，这有什么改变吗?”我母亲说道，但是她在笑。她一身轻松，闪耀着合法的光芒。

还是那次休假，我去了格拉斯纳维[2]，因为那是曼的三周年忌日。坟墓前没有别人。经过我的多方奔走，泥瓦匠终于完成了墓碑，并在上面刻下了她的名字。

曼丽（曼）·麦克纳尔蒂

1902—1953

我突然想起这个名字对别人来说并没有什么意义，除

---

①正式名称为圣三一座堂，位于都柏林，是爱尔兰圣公会都柏林和格兰达洛教区以及都柏林和卡舍尔教省的主教座堂。

②都柏林的一个街区，内有格拉斯纳维公墓。

了那些记得她，曾爱着她的人以外，所以我决定尽全力记得她、爱着她。

我慢慢走出铁门时，奎尼·莫兰独自一人走来。

“奎尼。”我说，回想起我们上次见面说的话，不甚自在，但我还是很开心还有人记得曼。

“哦，杰克，”她说，“杰克。”

她拿着一束小苍兰，是曼最喜欢的花。现在并不是这种花的时节，但是我想奎尼应该认识有温室的人。

“很高兴见到你，杰克，”她说，“你最近怎么样？”

没有意义的话语，有时也是最有力量的。

就是从那一刻开始，我感觉好多了，但同时也更糟糕了。

回到多哥兰，我努力投入到工作中。埃曼纽尔·海斯特是个极具魅力的人。首先，他有五个本地妻子，一个比一个美。他费了很大的劲，给自己建一座游泳池，就在一座三十米高的山上，这也是为什么我一开始会给他做事。日落时分，他喜欢带他的白人朋友们去那里，开着他之前军队里的吉普车队，喝着鸡尾酒，他的五位黑人妻子优雅地坐在镀金的木椅上，好像是酋长的座椅和妻子们。

当他打着小算盘，提议把枪支引进多哥公投时，他将其更多地表述为一个社会命题，而非商业命题。虽然我敷衍地帮他做了点事，可能还协助挑选军队步枪，但是很快我就决定罢手了。当时已经有文件说要开除我了。因此最终是联合国，用他们那种出奇地得体和迂回的方式，多多少少可以说是解除了我的职务。但是我并没有多内疚，想到当时奇特的混乱，那种缓慢的、颇为残忍的、可疑的、令人沮丧的混乱，当时多哥兰各个派系都想达成各种不同目的，即使当他们与英国目标一致时，即希望多哥兰并入黄金海岸，为的也不是同一种原因。

折磨汤姆·奎伊，将他当成煽动者扣押审讯的那些人也很忙。我印象中都是暴力和强权，有时披着官方话语和诉求的外衣。其实，听到汤姆说战后他在阿克拉警方手中遭受的种种苦难之后，可能这比我原先知道的更加普遍。过去几年里我们在肯尼亚对基库尤人[①]的所作所为是相当黑暗的，任何肯尼亚老兵，在伦敦的陆军或海军俱乐部喝上几杯苦啤酒之后都会悄悄和你诉说此事。我想托梅蒂督察对此肯定不陌生。这里和英国的联系依旧紧密，我也不大确定汤姆是否曾经在别的地方见过他。这里所有的新事物里都包含着腐朽的旧事物，就像我们自己在爱尔兰那样。

昨晚我想起我可怜的弟弟埃内亚斯，想着爱尔兰走向独立时他在旧皇家爱尔兰警队会怎么样，当时各方不惜一切代价要阻止独立，皇家爱尔兰警队预备队和黑棕部队在整个爱尔兰引发动荡、造成破坏、带给人们绝望。埃内亚

①发源于肯尼亚中部的民族，1952—1960年间肯尼亚曾爆发反对殖民统治的“茅茅起义”，参加成员多为基库尤人，遭到了英军强力镇压。

斯总是说皇家爱尔兰警队不插手这件事，但是我并不怎么相信他。他们当然没有插手。他是一个被排除在行动之外的角色。我必须承认，作为曾经的帝国官员，我感觉、预感、暗示这一切演变成这种地步，这让我十分悲伤。像汤姆·奎伊这样极其正派的人，落入那些丧心病狂的人手里，受尽铁棒的折磨。托梅蒂提到了巴勒斯坦，如果有人想知道黑棕部队离开爱尔兰之后到底去了哪里，这就是答案——圣地。

解雇令下达之前，我临时被调派到苏伊士。

一天下午，我站在小苦湖[①]岸边。士兵和官员在四处转悠。我脚下是淡黄色的沙子，无尽的沙漠中的日晒与风吹让沙质变得细腻，湖水吸吮着沙子，沙子似乎也吸吮着湖水。我拿出我的两本护照，英国的和爱尔兰的。

纳赛尔上校[②]要穿过沙漠，收回运河区，让苦湖与运河水域回归埃及的怀抱。一百年来，成百上千的埃及挖掘工人命丧于此，不论如何，这只是一小块区域，有点像殖民时代的伤疤，残留在埃及的侧面。这里的鸟儿带着异国的叫声，这里的鱼儿梦想着法老而非国王。纳赛尔来了，带着他的现代化坦克和激昂的军队。我站在那里，翻看着我的护照。我想象中的纳赛尔思虑严谨、行动果决、冷酷

---

①苏伊士运河的一部分，经由苏伊士运河与大苦湖连接。

②纳赛尔，埃及第二任总统。

无情。他面对的是古老的力量，笼罩着巨大魔力的观念，是帝国那种漫不经心的威力，所以我确信他会拼尽全力抵抗。期待着他狂野的、鼓舞人心的意志力能成功。破坏与混乱，我感觉它在步步逼近。

我将我的英国护照扔进缓缓流动的水流之中。我想我拿着爱尔兰护照活下来的机会更大。事实上，纳赛尔并没有来，但这并不重要。

我出生的时候自然是英国人，我那一代人都是如此。英国，多么奇怪的词语。它意味着一百种不同的事物。人们用它代表他们的选择。这是个神奇的词语。不列颠群岛，它们位于何处，哪片海洋？

我将我的英国护照扔进运河，我不如把一部分自己也扔进去。归于终结的不仅仅是我努力将自己想象成为绅士的那一部分——专业阶层，英国官员，英国外交部的政务专员，英国商船队的无线电操作员——这是杰克·麦克纳尔蒂的全部。那个狂热的酒鬼已经消失了，那个丈夫也已经消失了。

然后我启程回到黄金海岸，沿着美丽的航线网络和小飞机场，在非洲中部火热的大地四处停留——用我的爱尔兰护照。我回到我在阿克拉的小房子，回归汤姆·奎伊的照顾，以及工作上有各种缓慢的暗示表明出了差错。

今天早上，在我刮胡子用的小镜子里，是我的错觉吗，我头顶似乎长出了新的头发？虽然只有小小的一撮冒出来，但却真真切切地存在？不是红色，和乞力马扎罗山顶的雪一样白。

我从汤姆的村庄提提克普回来。

虽然我对托梅蒂督察颇有成见，但我还是去镇上找了他，告诉他我已经决定离开加纳。某种冲动让我那样做。我本不用如此。不知为何我觉得我应该这样做，但却没法说出原因。

我们在他木质墙壁的办公室里，在巨大的加纳警局内。这里的一切都井然有序，阅兵场扫得干干净净，屋子刚刷过漆，和周边街区欢快的破旧形成鲜明对比。这次见面他全程气定神闲的样子，虽然他会用他警察的眼光看着我，偶尔记点笔记，但是很少。他穿着硬挺的卡其衬衫，大汗淋漓，虽然他基本没动。我记得我们第一次见面时他穿着雨衣，也是大汗淋漓。无论如何，雨后的阿克拉的确热得要命。空气闷得人透不过气，就像一个大胆的实验，看看要多热才能把人热死。铁桌子上有瓶苏格兰威士忌，但是托梅蒂没有表示要让我喝。我沉浸在奇怪的情绪中，感受到了曾经的渴望，好想来一杯那琥珀色的液体。我彻底变了。如果我发现我头顶被重重打了一拳，速度极快，快到我都没有发现，切断了我的头盖骨而我的头盖骨只是像顶帽子一样放置在我脑袋上，我也不会感到惊讶。我没有像托梅蒂一样大汗淋漓，我就像壁炉搁架一样干燥。和他一起坐在那里聊天可真是奇怪，仿佛我们两个之中他是那个成年人，是聆听重要真相的人。突然之间，各种我本不打算说的话我都说了。那些我独自一人时都不敢轻声诉说的话。我觉得我没法就这样离开这个国家，我说。我想知道能不能做些补偿措施，他或者司法部是否想要起诉我。我详细地说了多哥兰的事，坦白了我在军火走私中担当的角色。我说我觉得这是在极端动荡和不确定时期的可怕行径，和我在那里应该做的事完全相悖。我还问了奥科先生和联合国是不是想要检举我。

尽管天气炎热，我当时却浑身颤抖。我进门时只打算说声我要走了。但是突然之间，我发现我需要将整件事情都说出来。这很危险，我想，是毁灭性的，我能看到他冷漠的大脸的边缘泛起一丝微笑，我想那并不是鼓励的微笑，而是嘲弄的微笑，掩饰得很好。

然后我说，我觉得仿佛好人先离开这个世界了，就像是某种经验法则。好人先离开，还有正义的人，而坏人和不义之徒却长命百岁，而且基本上不会受到惩罚。这对托梅蒂而言可能太过分了，因为等我说完，他说：

“这和你在那本书里写的有关吗？”

“嗯，我不知道，”我说，“可能是吧。”

“我早就告诉过你，麦克纳尔蒂，你得离开加纳。这是我和你说的第一件事。你说你现在要走了，这很好。我以前对你的警告依旧成立。你得小心点，麦克纳尔蒂。你在这里结下了仇家。趁现在情况还好，你得离开。”

第二十九章

汤姆，现在我可能会叫他亲爱的汤姆，因为我把他当作真正的朋友，这个人不仅让我逗留在阿克拉的这段时光变得可以忍受，有时还闪着光芒，弥足珍贵，我原本也想和托梅蒂说说汤姆，但是我一直没机会提起。我希望我对这个世界情绪的运作方式能更了解。我想我大可以说我能在任何宽度的河上架起桥梁，我甚至可以计算出雨季的水流，我可以知道金属和石头承载的压力，我建起的桥梁永远不会被冲倒，也不会因为承重过重而倒塌。但是我没法说我能这样掌控我的心，或者其他任何人的心。我发现了我的无知，而且其程度之深，令我震惊。

一大早，我们就坐上忠心耿耿的印第安摩托车出发了。汤姆亲切地坐在我身后，个子比我高大，座位也更高，我们沿着拉巴迪路向东前行，他看起来一定是副高大威猛的样子。我自然早已和他说过托梅蒂和他的再三警告，虽然汤姆似乎毫不在意，但是我的确注意到我们出门时他以一种不寻常的方式在东张西望，甚至现在我们坐在摩托车上，我也能感觉到他可能一直在警惕地环顾四周。这让我提心吊胆，我想现在会不会有人跟踪我们。

“我不相信门萨。”汤姆其实就说了这么多。

我们很清楚要去哪里。汤姆给我画了一张粗略的地图，他自然对这些路了如指掌，也清楚我们要从这条河的哪个地方登上当地的小船。提提克普是他自己的村庄，每个人都知道怎么去自己的村庄。

一想到这次旅程和目的，他就很兴奋。我们不知道他的妻子是否会欢迎我们，虽然他几天前已经给她寄了一封信。我不确定我当时在想什么，也不知道我们这一趟能帮他做成什么。但是，这和曼有点关系，有点关系，也和她毫无关联。我很高兴能够到乡村小路上走走，我感觉自己出奇地开心，史无前例地开心。我在做点什么事情，解决某个问题，不畏艰险迎难而上。不管他见到她、没见到她，还是其他任何情况，我都能坦然处之。虽然作为催化剂，我希望他的境况能有改善。如果他们能和解，这于我是再好不过的，尤其是因为我觉得等我离开，汤姆就没有工作了。但是事实上我不知道我这些计划是否有意义。它们只是打算，不切实际，就像是小孩子可爱的计划。也许正是我幼稚莽撞的思考带来了这个结果。我们选择让自己置身于一片希望将汤姆排除在外的土地，可能他们一直希望将他排除在外，永远，但是我们正在质疑这些事实。它可能会带来各种结果，浪漫的抑或是可怕的，可能是奥德修斯回到家乡伊萨卡岛，也可能在尝试中归于毁灭。汤姆紧紧抓着我的衬衫，如果他想让我在这条尘土飞扬的路上这样或那样转弯，他就会向前倚靠，仿佛是要蹲在我身上，在我眼前向左或向右挥动手臂，迎着风大喊方向。一路上，我充分感觉到了这个男人的强壮结实，虽然他体形高大，却不多长一分肉，我身后的他紧实又苗条。在他面前，我自己的几分肥胖就更加显得臃肿，甚至是堕落的，松软的。

曾经浸湿大地后又抽身离去的雨水大概是万物疯长的源头，而如今新生的沉重枝芽开始下垂。大地又在它习以为常的火炉中剧烈灼烧。路过的人们在炎热中缓慢移动，他们常常转过脸来看看我们，有时还会点头致意，和爱尔兰的村民一样。我的幸福又添了一分。除了酒精带来的虚假的惬意之外，我不知道我在这世上是否还有过如此轻松的感受。如果不是因为路坑坑洼洼，我一定会开心地和路过的每一个人挥手打招呼。

开了几个小时之后，我停下摩托车，和汤姆交换位置，把车把手交给他。他笑着握住，我们扬长而去，他的车速是我敢于尝试的两倍，经常会开在雨水在道路低洼段形成的干燥路脊上，如果我们差点摔倒，后轮晃到这边或那边，他那宽大的脚在地面拖行，他会毫不犹豫地大叫，等他重新稳住，又会放声大笑，然后嗖一下冲出去。那时我突然想到，除了这些危险和鲁莽偶尔带来的快感之外，他本身对这次旅行可能并无期待。

很快我们便抵达了第一个河流站口，我们抛下印第安摩托车，交给那里的摆渡人保管。汤姆用埃维语和他交流，显然是在告诉他我们会及时回来取摩托车。每个人都怡然自得，汤姆惬意地和摆渡人还有他可爱的女儿们说笑。然后我们登上光秃秃的、没有上漆的船，这艘船有些年头了，不是当地人的手艺，是几十年前抢救下来的帝国的遗产，煞费苦心地保持完好，可以在河上使用。我们坐在木凳上休息，两岸繁茂的绿意缓缓流过。两个五十多岁的男子，我敢说是朋友，还是这只是我可笑的错误猜测？两个人不知对着什么大笑，看着疾驰而过的一个个村庄，漫不经心地朝女人们挥手，男孩和女孩们在岸边不知道在忙些什么。这些河岸只开放几秒钟，展示着非洲田园景色，然后随着船猛烈的引擎轰鸣声向前，船舵下的油孔喷出黑烟，这一切就归于终结、遗忘。

因为我们要前往这条河的某条支流，我们换了船。现在我们坐在一艘小得多的木船上，做工粗糙得多，但依旧是欧洲产的。在我的脑海中，我想象着我们坐上越来越小的船，行驶在越来越窄的河流上，最后坐的是一艘空心的独木舟。森林中夜幕降临，我开始担心蚊子，白天猴子的叫声和天知道什么鸟的叫声变成了另一种更加难以捉摸的叫声，有时更加刺耳、热烈，那是夜行的捕食者，鸟类和野兽。缓和的水流给我一夜好眠，醒来时那种奇怪的心情依旧充盈于我内心，这近乎狂喜的心情，标志着纯粹的幸福，再次，再次，就像孩子的心和身体，就像我自己小时候在斯莱戈，在爸爸的房子里。仿佛那一天，那向往的一天，就在我面前，没有恐惧，没有危险。我们在流淌的溪水中洗了脸，一整夜都守着引擎的船夫给了我们一些水果当早餐，大概是在路上摘的，我也不清楚。然后我们到达了河上一个中转点，据汤姆说这里有条小路出去，再走几个小时，就能到提提克普。

汤姆和船夫说了他的安排，我也分不清是不是埃维语，虽然这听起来好像是我不知道的第三种语言，也许是新版本或者带口音的埃维语，就像爱尔兰语在阿尔斯特省、伦斯特省、芒斯特省和康诺特省之间听起来也会有不同。他把摩托车上的挂包甩到肩上，里面有一些换洗衣服和其他东西，尤其是一个小盒子，里面装着他给他妻子米瑞安买的东西，他没有说是什么。然后我们沿着那条小路出发，宽度仅够两个人并肩行走，仿佛在盘根错节的树根和灌木丛之间划出了一条清晰的分界线。

“没多远了，少校。”沿着小路走了两个小时之后，我们在一块空地上休息，他这样说道。

然后，它发生了。那时他正在四处搜寻着什么，在树枝下张望，脚在地面踢踏着，我不知道他在找什么，突然间他停了下来，两只手放在脖子两侧，维持着那样一个奇怪的姿势，眯起眼睛，发出痛苦的剧烈呻吟，我确定那声音里包含了他整个存在的疼痛，整整三十秒，他一动不动，屈膝踉跄着向前，有一会儿左膝跪地，好像一个等待册封的爵士，他灰扑扑的帽子掉落在地，然后他又向下坠落了几分，我以为他就要停在那里，脸离地面还有十五厘米，双手依旧捧着脖子，但是现在他大口喘着气，仿佛无法呼吸，吸不进气，他惊恐地盯着我，那种疑问的、可怕的眼神，就像一个被谋杀的人，他一头栽倒在地上，脸撞上了大地，撞在那两厘米厚的积满落叶的尘土中，他躺在那里，此时双手落在身侧，手掌向上，怪异地扭曲着，仿佛他用某种方式将自己折叠了起来，仿佛他即将完成某项复杂的任务，这项任务要求他屈身伏地，需要他这么做，一项肢体任务，如同他此生高效完成的无数项任务般，爱他的妻子，在军队挖掘运河，杀死日本人，为工作无数次调动，艰辛度日，年复一年，他的优雅和他那该死的善良，全部静止。

“汤姆·奎伊，汤姆·奎伊，”我大喊，“朋友！你怎么了？”

我向四周环顾，既惊又惧。他被谁用枪射中了吗，无声之中？中风？心脏病？仿佛有人倒在战场上，仿佛生活本身就是个战场，或者说是战场的集合体，这些全都汇聚成隐形的一击，在恰当的时间，秘而不宣，直到最后，致命一击。

我确定他死了。我寻找他的脉搏，突然意识到林间的噪音又回来了，仿佛那些动物刚才也一瞬间屏住了呼吸，但是我感受不到脉搏。然后我沿着小路继续寻找村庄。除此之外不知道还能做什么。我穿着黏糊糊的衣服，一路踉跄，绝望地向几幢挤在一起的土坯房跑去。结果，这里会说英语的只有他的妻子，米瑞安。我努力解释我是谁，我来这做什么，以及汤姆的不幸事故。她惊讶地睁大了双眼。她叫了一些帮手，和一小群村民一起沿着小路跟我回去。汤姆还是一动不动地躺在那里，蜷缩着，仿佛向着麦加祈祷的穆斯林。

米瑞安似乎后退了一步。她停下脚步，她的同伴们也停了下来。我对她指了指汤姆，好像突然间担心她看不到他。我担心我没有让她准备好面对这一奇怪的打击。她的丈夫，她的丈夫，但是我真的知道她对汤姆是什么态度吗？也许他之前对她很残忍，也许他是在幻想，我不知道。然后她从树后的阴影里走出来，站到我身边，一只手落在我的衣袖上，紧紧抓住那宽松的棉布。我们一起向汤姆走去。

她跪在他身边，摸了摸他的头。突然间，虽然我之前已经确定他死了，他抬起头，就在她摸他的那一刻，看着她。他看着她。她丝毫没有惊讶。他用埃维语说了什么，她回答了。

他们草草拼凑出一个棺材架，他被抬回了提提克普。我想起汤姆刚从战场回来的时候说的话，他说无论巫医在村口向他撒什么灰，米瑞安都坚持说他已经死了。于是按照逻辑，他再也无法回到他的村庄，不能和妻子和孩子重新开始生活，除非他能在他们眼前证明他起死回生了。

他们庆祝汤姆·奎伊的回归。我们喝棕榈酒一直到凌晨。第二天，我把汤姆留在了提提克普，只身一人骑着印第安摩托车开启漫漫归途。

早上，我在这所房子里的最后一个早上。昨晚我最后一次开车去奥苏，出租车公司在那里有个小办公室，我让他们十点来接我和我的行李去机场——“航空站”，调度员是这么叫它的。他说他保证会派人去的。

“*Akbe*①，”我说，“*Akbe*，谢谢。”

我整晚安睡，一夜无梦。我把那辆印第安摩托车放在了汤姆的棚屋里，并给他寄了封信，告诉他等他康复后可以来取。我把以前的扁皮箱从屋子后面拖出来放到一边，吉卜林、弗朗西斯·汤普森之类的书就留下来了，我不想再拖着它们到处走了。我彻彻底底打扫了屋子，这样奥科先生就不会把我想得太坏。

我想这将是在会议记录本上写下的最后一件事。我会把它塞进我的小行李箱，有机会就把它烧掉。我会回到爱

①埃维语中的谢谢。

尔兰，尽全力料理各种事情。不知怎的，汤姆·奎伊给我上的最后一课是，一切皆有可能。人能死而复生。

但是不像汤姆，我没法回家了。曼就是我的村庄、我的祖国。也许我不管在哪里都是流放，因为我已经失去了她——直到我再次见到她。也许到那时我们更有可能获得平静，与自由。

我听到出租车的声音了，转入奥伊斯威大街。它来了。

证明

皮特·奥科，助理官员，联合国，阿克拉

兹证明并悼念约翰（杰克）·查尔斯·麦克纳尔蒂先生，联合国前官员、英国皇家工兵部队前少校不幸遭绑架、失踪，推断为死亡。由于某些段落涉及机密，建议勿将此文件及其他财物寄送回其爱尔兰亲属。建议将此文件与其档案一同保存于此处联合国办公室。关于其失踪原因的调查目前交由路易斯·托梅蒂督察负责，托梅蒂督察乃加纳警局阿克拉总部之可靠成员，若有疑问，请与其联系。

签名：皮特·艾伽玛·奥科博士（牛津大学）